ROBERT FITZOOTH,

SURNOMMÉ

ROBIN HOOD,

OU

LE CHEF DES PROSCRITS.

ROMAN HISTORIQUE

PAR A. J. B. DEFAUCONPRET,

AUTEUR

DE MASANIELLO, DE JEANNE MAILLOTTE,
DE WAT-TYLER, etc.

TRADUCTEUR

DES ROMANS HISTORIQUES DE SIR WALTER SCOTT, etc

TOME TROISIÈME.

PARIS,

HARLES GOSSELIN, LIBRAIRE

, A. R. MONSEIGNEUR LE DUC DE BORDEAUX,

RUE SAINT-GERMAIN-DES-PRÉS, N. 9.

MDCCCXXIX.

IMPRIMERIE DE LACHEVARDIÈRE.

Titres des ouvrages de sir Walter Scott, in-12.

ROMANS POÉTIQUES, 9 VOLUMES.

Tom. 1. — Notice biographique. — LE LAI DU DERNIER
MÉNESTREL, 1 volume.

2 à 3. — MATHILDE DE ROKEBY. — HAROLD L'INTRÉ-
PIDE, 2 volumes.

4. — LE LORD DES ILES, 1 volume.

5 à 6. — MARMION, 2 volumes.

7. 1re partie. — LA DAME DU LAC. — LES
NOCES DE TRIERMAIN, 2 volumes.

8. — VISION DE DON RODERICK. — LE CHAMP
DE BATAILLE DE WATERLOO. — THOMAS LE
RIMEUR. — BALLADES ET MÉLANGES, 1 vol.

ROMANS HISTORIQUES, 78 VOLUMES.

Tom. 9 à 12. — WAVERLEY, ou l'Écosse il y a soixante
ans, 4 vol.

13 à 15, 1re et 2e parties. — GUY MANNERING, ou
l'Astrologue, 4 vol.

16 à 18. 1re et 2e parties. — L'ANTIQUAIRE, 4 vol.

19 à 21. — LES PURITAINS D'ÉCOSSE, 3 vol.

22. — LE NAIN MYSTÉRIEUX, 1 vol.

23 à 26. — ROB-ROY, 4 vol.

27 à 30. — LA PRISON D'ÉDIMBOURG, 4 vol.

31 à 32. — L'OFFICIER DE FORTUNE, 2 vol.

33 à 35. — LA FIANCÉE DE LAMMERMOOR, 3 vol.

36 à 39. — IVANHOE, ou le Retour du Croisé, 4 vol.

40 à 43. — LE MONASTÈRE, 4 vol.

44 à 47. — L'ABBÉ, suite du MONASTÈRE, 4 vol.

48 à 51. — KENILWORTH, 4 vol.

52 à 55. — LE PIRATE, 4 vol.

56 à 58. — LETTRES DE PAUL A SA FAMILLE, 3 vol.

59 à 62. — LES AVENTURES DE NIGEL, 4 vol.

63. — HALIDON-HILL, 1 vol.

64 à 68. — PEVERIL DU PIC, 5 vol.

69 à 72. — QUENTIN DURWARD, 4 vol.

73 à 76. — LES EAUX DE SAINT-RONAN, 4 vol.

77 à 80. — REDGAUNTLET, histoire du 18e siècle,
4 volumes.

81 à 84. — Histoires du temps des Croisades, 4 vol.

Nota. Chaque ouvrage se vend séparément à raison
de 2 f. 50 c. le volume.

PARIS, IMPRIMERIE DE COSSON, RUE GARANCIÈRE.

ROBERT FITZOOTH,

SURNOMMÉ

ROBIN HOOD,

OU

LE CHEF DES PROSCRITS.

3769

DE L'IMPRIMERIE DE LACHEVARDIERE,
RUE DU COLOMBIER, N° 30, A PARIS.

ROBERT FITZOOTH,

SURNOMMÉ

ROBIN HOOD,

OU

LE CHEF DES PROSCRITS.

ROMAN HISTORIQUE.

PAR A. J. B. DEFAUCONPRET,

AUTEUR

DE MASANIELLO, DE JEANNE MAILLOTTE,
DE WAT-TYLER, etc.

TRADUCTEUR

DES ROMANS HISTORIQUES DE SIR WALTER SCOTT, etc.

TOME TROISIÈME.

PARIS,
CHARLES GOSSELIN, LIBRAIRE
DE S. A. R. MONSEIGNEUR LE DUC DE BORDEAUX,
RUE SAINT-GERMAIN-DES-PRÉS, N. 9.
1829.

ROBERT FITZOOTH,

SURNOMMÉ

ROBIN HOOD,

OU

LE CHEF DES PROSCRITS.

CHAPITRE XXI.

Qu'importe qu'on triomphe ou par force ou par ruse.

VIRGILE.

Presque au centre de la forêt de Sherwood, il se trouvait une immense clairière dans laquelle il existait autrefois un petit village et un couvent. Les paysans cultivaient quelques

terres dans les environs ; mais la
quantité de bêtes fauves que renfermait la forêt les exposant à des ten-
tations continuelles, et leur fournis-
sant des moyens d'existence faciles et
moins pénibles, ils étaient presque
tous braconniers, et les moines eux-
mêmes, seigneurs de ce village, ne
respectaient pas plus que leurs vassaux les plaisirs du soûverain Guil-
laume-le-Roux, premier successeur
du conquérant, irrité de ces dépré-
dations, ordonna la destruction du
village et du couvent, et envoya un
détachement de troupes pour exécuter
cet ordre. Les paysans se soumirent
sans résistance, mais les moines refu-
sèrent d'obéir. Ils fermèrent les portes
du couvent, il fallut en quelque sorte
en faire le siége, les arracher par la

violence de leurs cellules, et leur opiniâtreté coûta la vie à quelques uns
d'entre eux. On livra aux flammes les
maisons ainsi que le couvent, et pour
ôter à qui que ce soit l'envie de venir
s'établir en cet endroit , on fit planter
cette clairière, et elle devint, avec le
temps, la partie la plus fourrée de
toute la forêt.

Une terreur superstitieuse ne man-
qua pas de s'attacher bientôt aux lieux
qui avaient été témoins de cette scène,
elle se propagea de génération en génération , passa du peuple aux gens
d'une condition plus relevée , et dans
le temps dont nous parlons , pas un
bûcheron n'aurait osé en approcher,
même en plein jour , et le daim y
trouvait une retraite assurée contre
les chasseurs , dont aucun n'osait l'y

poursuivre. On prétendait que les esprits des moines qui avaient été tués en cet endroit, s'étaient remis en possession de leur ancien couvent. Des voyageurs égarés y avaient vu briller des lumières; d'autres les avaient entendus chanter les ténèbres; quelques uns même y avaient vu des apparitions effrayantes. Le fait était que ces ruines avaient toujours servi d'asile à quelques brigands qui ne négligeaient rien pour entretenir des idées superstitieuses qui leur étaient favorables.

A l'époque où nous sommes arrivés, ce lieu était devenu, si nous pouvons employer cette expression, le quartier général de Robin Hood. Les flammes avaient respecté une partie des bâtiments du couvent, et

comme il avait dans sa troupe des
hommes de toutes les professions, on
répara les dévastations que le temps y
avait commises ; on se servit des débris dispersés dans les environs pour
construire quelques chaumières autour du vieux couvent, et l'on s'at-
tacha à redoubler l'épaisseur du bois
à un mille à la ronde, en y plantant
des épines et d'autres arbrisseaux qui
le rendaient impénétrable, si ce n'est
par un étroit sentier taillé en forme
de labyrinthe, et dans lequel Robin
Hood et ses compagnons pouvaient
seuls trouver leur chemin.

Ce fut vers cet endroit que le frère
Tuck dirigea ses pas en sortant de
l'abbaye de Sainte-Marie; il connaissait
la forêt de Sherwood beaucoup mieux
que le cloître de ce couvent, et, mal-

gré l'obscurité de la nuit, il n'eut pas
besoin de guide pour l'y conduire.
Le jour commençait à paraître quand
il y arriva, et Robin Hood ainsi que
ses principaux compagnons étaient
déjà sur pied.

« Qu'on me donne à déjeuner, »
s'écria Tuck en arrivant, « et que rien
n'y manque, car je crève de faim et
surtout de soif. Il y a près de vingt-
quatre heures que je n'ai ni bu ni
mangé. »

« C'est un évènement remarquable
dans ta vie, » dit Scathlock, « il y fera
époque. »

« Epoque qui n'y reparaîtra plus,
à ce que j'espère, » répliqua le frère
Tuck ; « mais tout en déjeunant,
« ajouta-t-il en s'adressant à Robin
Hood , après avoir vidé un premier

verre de vin, « il faut que je vous conte mes aventures et celles de mes compagnons depuis que nous vous avons quitté.

« Contez-moi d'abord, » dit Robin Hood, « comment il se fait qu'étant parti avant-hier à deux heures du matin du château de Melton, vous n'arriviez ici qu'en ce moment, tandis que vous auriez pu y être rendu hier matin? »

« C'est que probablement, » dit Scathlock, » avant-hier n'était pas un jour de jeûne pour notre chapelain. »

« Et bien m'en a pris; sans cela comment aurais-je pu supporter l'abstinence rigoureuse qu'on m'a forcé d'observer hier? Par parenthèse, ce vin n'est pas si bon que celui du comte d'Albiney; mais n'importe, il vaut mieux que l'infernale pitance qu'un coquin de moine m'avait apportée hier soir. Mais puisque vous êtes si bien instruits du jour et de l'heure où j'ai quitté le château de Melton, vous savez sans doute aussi que Judith en est sortie avec moi ? »

« Oui, » répondit Robin Hood, « et qu'elle est maintenant avec Little John à la ferme de Skelton, où elle s'est rendue par un passage souterrain, découvert par le sire de Beaupré. »

« Puisque vous savez tout ce que je croyais vous apprendre, j'en puis déjeuner plus tranquillement. Savez-vous aussi pourquoi nous avons quitté le château ? »

« Pour m'engager à aviser aux moyens de secourir les assiégés, à qui des travaux qu'on fait dans le camp

de Cœur-de-Fer donnent des inquiétudes. Et ce n'est, ma foi, pas sans
raison, car ils sont menacés d'un nou-
vel assaut, et il aura lieu avant huit
jours. »

« Allons, je n'ai plus rien à vous
dire, car vous savez sans doute aussi
que des scélérats d'archers du shérif
de Nottingham m'ont arrêté par surprise ; que je ne suis sorti de leurs
griffes que pour tomber dans celles de
ce coquin d'abbé de Sainte-Marie, et
que pour me sauver du donjon où il
me tenait enfermé, j'ai été obligé d'é-
trangler à moitié un respectable père
portier qui m'apportait charitable-
ment à dix heures du soir un morceau
de pain noir et une cruche d'eau. —
Riez, messieurs, riez, » dit-il à ses
compagnons qui éclataient de rire en

entendant le récit de ses infortunes,
« de par mon bréviaire, je voudrais
qu'on vous mît vingt-quatre heures à
pareil régime ! »

« Mais où est donc ton bréviaire ?
Qu'en as-tu fait ? » lui demanda Scathlock.

« Mon bréviaire ? » (c'était son gros
bâton qu'il appelait ainsi ;) « je l'ai
perdu à la bataille, mais je n'ai point
à en rougir. C'est une femme qui a
été cause de ma défaite, et Hercule,
Samson, Agamemnon, et tant d'autres, n'ont pas été plus à l'abri que
moi de la perfidie de ce sexe. La meilleure ne vaut pas une pinte de ce vin. »

Sans chercher à savoir comment il
se faisait que son chef était si bien
instruit de ce qui se passait tant au
château de Melton que dans le camp

de Godeschall, le frère Tuck s'enfonça dans la forêt pour chercher parmi les épines qui y croissaient, un jet digne de remplacer le bâton noueux qu'il avait perdu, arme qu'il préférait à toute autre, disait-il, par motif de conscience, *quia Ecclesia abhorret a sanguine.*

Mais comme quelques uns de nos lecteurs peuvent avoir plus de curiosité que le digne chapelain de Robin Hood et de ses compagnons, nous allons leur expliquer ce qui doit encore leur paraître un mystère.

Marianne, l'épouse de Robin Hood, était à quelques pas de sa fille quand celle-ci entra dans le château de Melton avec ses trois compagnons pour y transporter le comte d'Albiney étourdi de sa chute et du coup qu'il

avait reçu. Robin-Hood, qui combattait
beaucoup plus loin , et qui ignorait
ce qui se passait à la poterne , ayant
appris que le convoi était entré dans
le château, et ayant par conséquent
réussi dans son entreprise , avait
donné le signal de la retraite , et il
était déjà en marche vers le bois de
Skelton. Elle prévit sur-le-champ qu'il
leur serait impossible de sortir du
château , et n'ayant autour d'elle
qu'une douzaine de ses gens, elle pro-
fita du moment de confusion qu'oc-
casiona la chute de Godeschall pour
rejoindre la troupe de son mari. Elle
était sans inquiétude pour sa fille;
elle savait parfaitement que Judith ne
courait aucun risque sous la protec-
tion du comte d'Albiney, et si nous
descendons jusque dans les plus

profonds replis de son cœur mater-
nel , nous y trouverons peut-être
même un secret sentiment de plaisir ;
car , pendant le peu de temps que
William avait passé dans la forêt de
Sherwood , ses yeux clairvoyants
avaient discerné l'attachement mutuel
qui s'établissait entre lui et Judith ; et
l'épouse du proscrit avait assez d'am-
bition pour désirer de voir sa fille
unie au fils d'un comte. Elle n'était
donc pas fâchée qu'une circonstance
imprévue rapprochât les deux jeunes
gens, et pût nourrir dans le cœur du
jeune homme les sentiments qu'il avait
conçus.

Robin Hood, en apprenant que
Judith et trois de ses compagnons
étaient entrés dans le château de Melton, ne partagea pas tout-à-fait la

3.   2

sécurité de Marianne : il savait comme
elle que sa fille ne courait aucune
espèce de danger dans un château
appartenant au comte d'Albiney ;
mais ce château était assiégé par des
forces supérieures, commandées par
un homme bien digne du surnom de
Cœur-de-Fer, qui lui avait été donné,
et dont il se faisait un honneur bar-
bare; et, s'il venait à être pris d'assaut, à quels périls ne pouvait-elle
pas être exposée? L'amour paternel
donna donc un nouveau degré d'in-
tensité à l'intérêt que des motifs, qui
n'étaient connus que de lui et de Marianne, lui inspiraient déjà pour le
comte d'Albiney, et il résolut de mettre tout en usage pour le secourir.

Mais Robin Hood était aussi prudent que brave, et il avait à acco

battre deux obstacles puissants. Le bois de Skelton était trop peu considérable pour qu'il pût y rester en sûreté avec sa troupe ; et cette troupe, jointe à la garnison du château, n'était pas assez nombreuse pour attaquer Godeschall à force ouverte; il résolut donc de retourner dans la forêt de Sherwood , qui était à une journée de distance, et d'y attendre quelque occasion qui pût favoriser ses desseins. Pour y réussir, il était important qu'il fût instruit de tout ce qui se passerait dans le camp des assiégeants; il choisit donc douze de ses gens, et leur ayant expliqué ses projets, il leur ordonna d'aller se présenter isolément à Godeschall, pour lui demander à entrer dans sa troupe, d'employer tous les moyens qui se-

raient d'accord avec la prudence pour
s'y faire des amis et des partisans, et
de lui donner tous les jours de leurs
nouvelles. A cet effet, deux de ses
gens restèrent cachés dans le bois de
Skelton, et dès qu'il lui arrivait un
messager dans la forêt de Sherwood,
il en faisait partir un autre pour
prendre sa place.

Ce stratagème réussit complètement. Godeschall, à qui le premier
assaut qu'il avait donné, et les flèches
lancées par Little John et ses deux
compagnons, avaient coûté un assez
grand nombre de soldats, ne fut pas
fâché de recruter ses troupes d'une
douzaine d'hommes qu'il reconnut
pour être d'excellents archers, après
les avoir mis à l'épreuve; il leur pro-
mit même une paye avantageuse, et

une part dans le pillage du château qu'il assiégeait.

Ce fut ainsi que Robin Hood fut informé des nouveaux préparatifs d'attaque qui se faisaient dans le camp des assiégeants ; mais ce fut au hasard qu'il dut d'être instruit de ce qui se passait dans le château de Melton. Les deux soldats qui avaient parlé au sire de Beaupré lorsqu'il feignait de herser un champ, étaient deux de ses espions. Le visage et les mains blanches du chevalier, le son de sa voix et sa manière de s'exprimer, leur avaient donné des soupçons. Au lieu d'aller à la ferme, ils s'étaient cachés à quelque distance, et l'avaient vu entr'ouvrir une trappe. Se relevant alternativement jusqu'au moment où il entra dans le souterrain, celui qui était de garde en ce moment ne le voyant pas revenir eut le courage d'y entrer à son tour, et s'assura qu'il conduisait au château de Melton. Il se remit ensuite en embuscade, en vit sortir Judith et ses trois compagnons, suivit Little John jusqu'à la ferme du vieux Meadows; et, avant la fin de la journée, Robin Hood était informé de cet évènement. Ils trouvèrent bientôt moyen d'informer le lieutenant qu'ils étaient douze confédérés dans le camp ennemi; et les assiégés, instruits par celui-ci des dispositions de Robin Hood, y puisèrent de nouvelles espérances et un nouveau courage.

CHAPITRE XXII.

« Je vais justifier l'horreur que je t'inspire :
» Qui ne peut te soumettre, osera te détruire.
» Si je ne puis régner dans les murs de Paris,
» Tremble ! je régnerai sur leurs sanglants débris. »

De Belloy.

On n'était pas très surpris au château de Melton de ne pas recevoir de nouvelles de sir John Trevor; on savait qu'il lui était presque impossible d'y en faire parvenir ; mais on y était convaincu qu'il n'avait pas réussi dans sa mission ; car si Robert Fitz-Walter avait pu ou voulu envoyer des secours au comte d'Albiney, le temps où ils auraient dû arriver était déjà expiré.

Cette opinion n'était que trop bien fondée, et nous sommes arrivés au moment où nous devons rendre compte des aventures de ce second envoyé, d'autant plus qu'elles vont se rattacher plus particulièrement à la suite de notre histoire.

Sir John Trevor n'avait rencontré ni périls ni obstacles dans son voyage du château de Melton à Londres; et son premier soin, en arrivant dans cette ville, avait été de se rendre chez Robert Fitz-Walter, et de lui faire connaître le motif qui l'amenait dans la capitale.

« Personne n'estime et ne respecte plus que moi le comte d'Albiney, » répondit le maréchal de l'armée de

Dieu en secouant la tête; «mais je ne puis rien. faire pour lui. Vous voyez en moi un général sans armée; je pourrais presque dire un capitaine sans soldats. »

«Quoi! les barons ont-ils donc renoncé à leur noble et généreuse entreprise? Ne veulent-ils plus donner la liberté à l'Angleterre? Souffriront-ils que Jean viole impunément la charte formant le lien qui devait unir le peuple et le monarque? Veulent-ils courber de nouveau la tête sous le joug du despotisme qu'ils avaient courageusement secoué? »

«Je ne crois pas que telle soit leur intention, sir John; mais il est à craindre que leur conduite n'amène ce résultat. Tant qu'ils n'ont eu qu'un même dessein, qu'une même volonté, ils ont formé un faisceau que rien ne pouvait rompre, et ils l'ont prouvé au roi Jean, quand ils l'ont forcé de signer la grande charte à Runnemede. Mais aujourd'hui leur ligue est rompue, et il n'existe plus ni unité dans leurs vues, ni concert dans leurs démarches. Les uns, n'écoutant que leur indignation contre le tyran qui opprime et dévaste l'Angleterre, et voulant gagner les bonnes grâces du prince qu'ils regardent comme leur nouveau monarque, sont allés avec leurs troupes joindre le prince Louis sous les murs de Douvres dont il fait le siége; les autres, inquiets de quelques propos indiscrets échappés, dit-on, à ce jeune prince, et craignant par-dessus tout l'idée d'une domination étrangère, ont fait leur paix

avec le roi Jean, sont allés rejoindre
son armée, et deviennent sous ses
ordres les dévastateurs de nos provinces. La plupart ont licencié leurs
troupes et se sont retirés dans leurs
châteaux, où ils attendent les évènements pour se ranger du côté du plus
fort. Un petit nombre d'entre eux
sont restés avec moi à Londres; mais
leurs forces et les miennes suffisent à
peine pour nous maintenir dans cette
ville et y faire régner la tranquillité.
Il est impossible que nous en déta-
chions aucune partie. »

Sir John Trevor se retira fort dé-
concerté de cette réponse, et voyant
que Robert Fitz-Walter n'était plus
que le chef nominal de la ligue des
grands barons, il alla trouver quelques uns de ceux qui étaient encore à

Londres, dans l'espoir de réussir à en engager quelqu'un à marcher avec ses propres troupes au secours du comte d'Albiney. Il échoua partout. L'un se disposait à retourner dans son château pour s'y mettre lui-même en état de défense; l'autre ne jugeait pas à propos de s'exposer personnellement au ressentiment du roi Jean en portant des secours à un baron assiégé par ses ordres; la plupart s'excusaient sur ce que leurs troupes n'étaient pas assez nombreuses pour attaquer Cœur-de-Fer, et quelques uns sur ce que, dans la crise actuelle, ils ne croyaient pas pouvoir s'éloigner de Londres.

Après avoir passé trois jours à faire ainsi des démarches infructueuses, et se trouvant repoussé de toutes parts, sir John Trevor reprit le chemin du château de Melton, résolu de mettre tout en usage pour y rentrer, ou du moins pour chercher quelque moyen d'informer les assiégés du défaut de succès de sa mission, afin qu'ils avisassent au parti qu'ils avaient à prendre.

Comme il passait par Rockingham, petite ville du comté de Northampton, il y trouva un corps de troupes de huit à neuf cents hommes qui venaient d'y faire halte. Il s'informa du nom de leur chef, et ayant appris que c'était le comte de Salisbury, il fut enchanté de cette rencontre. Salisbury était un de ceux qui, lors de la coalition des barons, avait prononcé les discours les plus violents contre la tyrannie du roi Jean. C'était lui qui avait proposé le premier d'ap-

peler en Angleterre un prince étranger,
et de lui déférer la couronne plutôt
que de la laisser plus long-temps sur
la tête d'un monarque indigne de la
porter. D'ailleurs il avait toujours été
intimement lié avec sir John Trevor,
et il avait même épousé récemment
une de ses cousines. D'après toutes
ces circonstances sir John se flatta
donc qu'il réussirait aisément à le déterminer à marcher contre Godeschall, pour le forcer à lever le siège
du château de Melton qui n'était
qu'à environ trente milles de distance.
Il demanda où il trouverait le comte;
on lui indiqua la principale auberge,
et il s'y rendit sur-le-champ. Il le
trouva déjeunant avec quelques-uns
de ses principaux chefs.

« C'est vous, mon cher sir John, »

lui dit Salisbury, dès qu'il l'aperçut, «je suis ravi de vous voir; vous allez déjeuner avec nous. » Il le fit placer près de lui avec toutes les démonstrations d'amitié possibles, et lui parla quelque temps de choses indifférentes, sur le ton de la plus grande intimité.

« A propos, » lui dit-il enfin, « votre présence ici me fait un double plaisir, car on m'avait assuré que vous étiez assiégé dans le château de Melton. Je suis charmé de voir qu'il n'en est rien. »

« Je l'ai quitté il y a quelques jours, » répondit sir John Trevor.

« Et vous avez bien fait. D'Albiney est un vieux fou qui se perdra par son opiniâtreté. Ainsi donc, vous avez pris le même parti que moi? je vous en félicite. Nous nous rendrons ensemble dans le comté de Norfolk. »

« Dans le comté de Norfolk! Non. Je retourne à Melton; et j'espérais vous déterminer à y marcher pour en faire lever le siége. »

« Moi, je donnerais des secours à un baron révolté contre son souverain légitime! Non, sur ma foi. »

« Ce langage me surprend, Salisbury, c'est vous-même qui m'avez engagé à prendre parti pour les barons coalisés. »

« J'en conviens, sir John, mais j'ai reconnu mon erreur; j'ai fait ma paix avec le roi Jean, et je vais le rejoindre à Lynn. Arundel, Oxford, Albemarle et beaucoup d'autres en ont déjà fait autant, et si vous êtes prudent, vous les imiterez. »

« Jamais on ne me verra me ran-

ger sous les drapeaux d'un prince
parjure à ses serments. »

« Ces serments lui avaient été ar-
rachés par la force, et par conséquent
n'étaient pas obligatoires. D'ailleurs,
quelle honte pour l'Angleterre si elle
se soumettait au joug d'un prince
étranger, d'un Français ! »

— Dites plutôt quelle honte pour
l'Angleterre si elle continuait à reconnaître pour roi le plus méprisable
tyran qui ait jamais existé ! »

« Quel qu'il soit, nous lui avons
fait serment de fidélité. »

« Il nous en a absous en manquant
au sien. »

« Sa naissance lui a donné des
droits... »

« Que sa conduite lui a fait perdre. »

« Les barons ont tout à risquer

si le prince Louis arrive au trône. »

« L'Angleterre est perdue si le roi Jean y reste assis. »

« Enfin, quoi que vous puissiez dire, mon parti est pris. »

« Le mien l'est également, comte, et il ne me reste qu'à vous faire mes adieux. »

«Un moment, sir John, un moment; vous ne me quitterez pas ainsi, sur ma foi, et il faut que vous me suiviez à Lynn comme allié ou comme prisonnier. »

« Comme prisonnier ! Vous avez la force en main, comte; mais vous n'oseriez l'employer pour me retenir. »

« Sur mon honneur, je l'emploierai; ne fût-ce que pour vous être utile; pour vous empêcher d'être traité en rebelle. Voyez donc en quelle qualité vous voulez m'accompagner. »

« Ceci doit vous répondre, » dit sir John en lui présentant son épée.

« Eh! non, gardez votre épée, je ne vous demande que votre parole de ne pas me quitter. »

« Je ne vous la donne pas. Retenu par la force, je veux conserver le droit de me soustraire à une détention aussi injuste qu'arbitraire, dès que j'en trouverai l'occasion. »

« En ce cas, sir John Trevor, je reçois votre épée, et au nom du roi Jean, je vous déclare mon prisonnier. »

Et en même temps, appelant un de ses chefs, il lui ordonna de veiller sur sir John Trevor, lui déclara qu'il le rendait responsable de sa personne, et ordonna qu'on se remît en marche. On partit à l'instant même, on passa la nuit suivante à Wisbeach, gros bourg du comté de Cambridge, et le lendemain on arriva à Lynn.

Il y avait déjà quelques jours que le roi Jean était dans cette ville. Après avoir dévasté tous les comtés de l'Est de l'Angleterre, il était arrivé sur les confins de celui d'York. Mais ce monarque, qui n'était brave que lorsqu'il trouvait des ennemis qui n'osaient ou ne pouvaient lui opposer aucune résistance, n'osa pas y pénétrer, parceque l'armée du roi d'Écosse en était voisine, et qu'il craignait qu'elle ne vînt l'attaquer. Faisant donc faire un mouvement rétrograde à son armée, il rentra dans le comté de Norfolk, et établit son quartier général dans la petite ville de Lynn, qui lui avait donné des preuves d'affection, et à laquelle il avait accordé divers priviléges. C'était là qu'il avait donné rendez-vous à plusieurs des barons coalisés qui s'étaient détachés de la ligue, et fier d'en avoir déjà vu un assez grand nombre venir se ranger sous ses étendards avec leurs vassaux, sans autre condition que le pardon du passé, il croyait que rien ne pouvait plus lui résister, et parlait un jour de marcher contre le roi Alexandre, un autre, de rentrer dans sa capitale, et quelquefois même d'aller attaquer le prince Louis, et de le forcer à lever le siége de Douvres, et à se rembarquer pour la France.

Un autre projet, plus conforme à
son caractère, lui souriait pourtant
davantage; c'était d'entrer dans les
comtés du centre de l'Angleterre, qui
jusqu'alors avaient joui d'autant de
tranquillité qu'on en pouvait espérer
dans ce pays à cette époque, non
pour les soumettre, puisqu'ils n'é-
taient pas révoltés ; non pour y rétablir l'ordre, puisqu'il n'y régnait
pas de troubles ; mais pour ajouter,
par le pillage de ces provinces, aux
trésors qu'il avait déjà accumulés en
dévastant les autres ; car il réunissait
deux vices contraires, l'avarice et la
prodigalité. Quelque prix que dût lui
coûter le plaisir, jamais il n'hésitait à
l'acheter; mais quand il s'agissait de
le payer, ce n'était qu'à regret qu'il
voyait sortir de ses coffres les sommes

qu'il dépensait si légèrement, et il
ne songeait qu'à commettre de nouvelles exactions pour les y faire rentrer.

Telles étaient les pensées qui l'oc-
cupaient quand on lui annonça l'arrivée du comte de Salisbury. « Vous
venez un peu tard, comte, » lui dit
le roi, « mais n'importe, je suis
charmé de vous voir. » Salisbury trouvant cet accueil un peu froid, voulut
prouver au roi son zèle en lui apprenant qu'il lui amenait un prisonnier, sir John Trevor, qu'il avait
arrêté tandis qu'il était en marche
pour se rendre au château de Melton.

« Au château de Melton! » s'écria le
roi; « je n'y pensais plus. Est-il possible que Godeschall ne s'en soit pas
encore emparé? »

« Sire, » dit le comte d'Arundel,
« C'est un des châteaux les plus forts
de toute l'Angleterre, et je connais
d'Albiney, il s'y défendra jusqu'à la
dernière extrémité. »

« Si j'avais été chargé de ce siége, »
dit l'Angevin Mauléon, surnommé le
Sanguinaire, « il y a long-temps qu'il
serait terminé. J'aurais abattu une
forêt, s'il l'avait fallu, pour griller
dans le château tous ceux qui s'obsti-
nent à le défendre. »

« Et c'est précisément ce que Godeschall se gardera bien de faire, » répliqua Falco, dit Sans-Entrailles ; » il
sait que le comte d'Albiney est un oi-
seau qu'il faut plumer avant de le rôtir.
La renommée le fait immensément
riche. »

« Et la renommée ne ment point en

cela, » dit le comte de Salisbury. « Le
comte d'Albiney est un des plus riches
barons anglais. Il aurait dû fournir
mille hommes à la coalition des barons ; mais, désirant ne pas exposer
ses vassaux aux hasards de la guerre,
il a payé une somme suffisante pour
en lever et équiper trois mille, pour
les nourrir et entretenir pendant un
an, et il a promis d'en payer autant
chaque année jusqu'à la fin de la guerre.
On assure qu'il a dans son château de
Melton un trésor presque inépui-
sable. »

Ce discours éveilla la cupidité du
roi Jean. « De par les dents de Dieu! »
s'écria-t-il, car tel était son juron fa-
vori, « je n'ai jamais entendu que Godeschall s'appropriât de semblables
dépouilles. Elles sont dignes d'un roi,

3. 4

et ce sera moi qui prendrai le château de Melton. »

Il donna sur-le-champ les ordres nécessaires pour que son armée se mît en marche le lendemain, et il annonça qu'après s'être rendu maître de ce château, il marcherait sur Londres en traversant les comtés de l'intérieur. Il ordonna ensuite que l'on conduisît sir John Trevor dans la prison de Lynn ; mais le comte de Salisbury qui, au fond du cœur, ne pouvait s'empêcher d'être honteux du rôle qu'il jouait, le pria de lui confier le soin de le garder, et le roi y consentit.

CHAPITRE XXIII.

Du sein des maux d'une longue diète
Passant trop tôt dans des flots de douceurs,
Bourré de sucre et brûlé de liqueurs,
Vert-Vert, tombant sur un tas de dragées,
En noirs cyprès vit ses roses changées.

GRESSET.

L'armée du roi Jean ne ressemblait nullement à celle qui était sous les ordres de Guillaume - le - Conquérant quand il arriva en Angleterre. Sa principale force consistait en troupes mercenaires qui étaient venues le joindre de différents pays étrangers, parcequ'il payait bien ces corps d'aventuriers qui

vendaient leur sang au plus offrant,
et que l'attrait du pillage retenait sous
ses drapeaux; et il accordait plus de
confiance aux chefs de ces bandes
qu'aux barons anglais qui combat-
taient pour lui. Ces chefs apprirent
avec une joie qu'ils ne cherchèrent
point à cacher, qu'ils allaient quitter
un pays ruiné et dévasté pour entrer
dans de riches provinces qui n'avaient
encore souffert que partiellement des
malheurs de la guerre; et l'espoir de
la belle moisson qu'ils comptaient y
recueillir fit que le lendemain à la
pointe du jour leurs différents corps
étaient prêts à marcher.

La plupart des barons anglais n'a-
vaient pas fait la même diligence.
Quoique la crainte, l'intérêt, l'ambi-
tion, les eussent engagés à embrasser

le parti du roi Jean, l'expédition pour laquelle on partait ne pouvait avoir d'attraits pour eux. Non seulement il s'agissait de coopérer à la ruine d'un de leurs égaux, d'un homme qu'ils ne pouvaient s'empêcher d'estimer et de respecter; mais l'expérience du passé leur apprenait qu'ils allaient porter le ravage et la désolation dans plusieurs des plus beaux comtés de l'Angleterre. Quelques uns regrettaient peut-être déjà intérieurement d'avoir joint un tyran dévastateur de son propre royaume; mais le Rubicon était passé. Ils savaient que Jean ne comptait que médiocrement sur leur fidélité, et qu'au moindre soupçon qu'il concevrait, les cohortes étrangères qui l'environnaient recevraient ordre de s'assurer de leur personne. Ils n'osèrent

donc montrer leur mécontentement
que par le peu d'empressement qu'ils
mirent à faire leurs préparatifs de départ.

Ils furent pourtant prêts à partir
long-temps encore avant le roi. A la
tète d'une armée, Jean aimait à être
entouré de toute la splendeur du
trône, et se faisait suivre partout de
l'attirail du luxe et des plaisirs. Plusieurs voitures étaient chargées de tous
les ornements royaux et des trésors
qu'il avait accumulés à force de rapines
et de concussions. Son quartier général était encombré d'une foule de mé-
nestrels, de bouffons, de jongleurs,
de saltimbanques et de femmes de
mauvaise vie. Cette classe de gens, plus
difficile à mettre en mouvement que
toute une armée, retarda jusqu'à midi

le départ qui avait été annoncé pour sept heures du matin; et jamais Jean ne voulut consentir à se mettre en marche sans cette partie indispensable de son cortége.

Lorsque ce monarque se mettait en campagne, il ne confiait à personne le soin de fixer le local où il établirait son quartier général. Il consultait lui-même les personnes qui connaissaient le mieux le pays qu'il se proposait de parcourir; de concert avec elles, il choisissait le lieu où il pouvait espérer de trouver toutes ses aises, sans s'inquiéter le moins du monde de ce que deviendrait son armée; et il séjournait plus ou moins de temps dans chaque endroit, suivant qu'il y trouvait plus ou moins d'agréments, sans se mettre en peine si les opérations

militaires devaient en souffrir. En faisant une marche forcée, il aurait pu
en vingt-quatre heures arriver sous
les murs du château de Melton, avant
même que personne eût pu soup-
çonner qu'il en avait l'intention, mais
il trouva plus commode d'employer
trois jours à faire ce voyage, en suivant une ligne un peu moins directe
afin de faire halte dans trois endroits
où il était certain d'être reçu comme
il aimait à l'être, c'est-à-dire avec
splendeur et magnificence. Il fut donc
décidé que le quartier général serait
établi le premier jour dans l'abbaye
de Swines-Head, comté de Lincoln,
dont il n'était qu'à peu de distance;
le second au prieuré de Newark, et
le troisième dans l'abbaye de Sainte-
Marie, où le roi se reposerait vingt-

quatre heures de ses fatigues; car les
maisons religieuses étaient pour toujours celles qu'il choisissait de préfé-
rence pour y séjourner. On fit partir
la veille des messagers pour aller annoncer les intentions du roi aux su-
périeurs de ces couvents; quant au
surplus, c'est-à-dire au logement de
l'armée et à la manière dont on pour-
voirait à la subsistance, c'était à quoi
ni le roi, ni ceux qui lui servaient de
conseillers en semblables occasions,
ne songeaient jamais un seul instant.

Les comtés de Norfolk et de Lincoln sont séparés par le fleuve nommé
Well-Stream, dont le lit est peu profond, et qu'on passe facilement à gué;
mais toutes les fois que la marée est
un peu forte, il se déborde sur ses
deux rives, et comme ce cas arrive

assez fréquemment, il en résulte qu'il
est entouré des deux côtés de maré-
cages qui sont quelquefois plus dif-
ficiles à traverser que le fleuve même.
Quand le roi y arriva, il fut aisé de
voir que la marée précédente avait
couvert tout le terrain environnant; le
sol était glissant, et en certains endroits
les chevaux avaient de la boue jusqu'auxjarrets.Lorsqu'on fut sur le bord
du Well-Stream, le comte de Salisbury
représenta au roi que la marée commençait à monter, et qu'il lui paraissait imprudent de tenter le passage;
mais Falco, qui était à l'avant-garde
et qui brûlait d'arriver dans les provinces dont il se promettait le pillage,
ne repondit à cet avis qu'en se pré-
cipitant dans le fleuve à la tête de sa
troupe, et Jean l'ayant vu arriver sur

l'autre rive, en conclut qu'il pouvait y passer aussi sans danger, et quoique le Well-Stream commençât déjà à se déborder, il y entra avec son cortége et donna ordre à ses équipages de le suivre, car jamais il ne les perdait de vue.

Un vent impétueux qui s'éleva en ce moment, doubla la force de la marée, les eaux crûrent à vue d'œil, le chevaux perdirent pied quand ils étaient à peine au milieu du fleuve; plusieurs, emportés par le courant, furent noyés ainsi que leurs cavaliers; et Jean aurait peut-être eu le même sort, si le comte de Salisbury, qui était près de lui, n'eût eu la présence d'esprit de saisir la bride de son cheval, et de la tenir fermement pour empêcher l'animal de céder au cou-

rant. Le roi gagna donc l'autre rive,
complètement mouillé, grelottant de
froid, et tremblant encore plus de la
frayeur qu'il avait éprouvée. Mais il
oublia les craintes qu'il avait eues
pour ses jours, et tous les maux qu'il
souffrait, quand, en se retournant,
il vit tous ses équipages entraînés par
la force de l'eau qui continuait à
croître d'une manière effrayante. Pas
un seul ne parvint à le rejoindre, et
tous ses ornements royaux, tous les
trésors qu'il avait amassés au prix du
sang de ses malheureux sujets, allèrent
se perdre dans les abîmes de la mer
du Nord. A cette vue, il s'abandonna
à une douleur dégradante pour un
roi, à un désespoir indigne d'un
homme, et il fallut que le comte de
Salisbury et Falco employassent pres-

que la force pour l'arracher des bords du fleuve et lui faire prendre la route de l'abbaye de Swines-Head. Cependant toute l'armée fut obligée de camper sur l'autre rive, en reculant à quelque distance, et ce ne fut que le lendemain à la marée basse qu'il lui fut possible de traverser le Well-Stream.

L'abbé de Swines-Head ne s'était trouvé que médiocrement flatté de l'honneur que le roi Jean lui avait fait de choisir son monastère pour y faire halte; il en avait déjà joui une première fois, et il n'avait pas oublié ce que lui avait coûté cette faveur peu désirable; car, indépendamment des sommes dépensées pour la réception du roi, ce prince, avant son départ de l'abbaye, en avait exigé une de 500 livres sterling à titre de présent. Il n'avait pourtant pas d'autre alternative que de prendre les dispositions nécessaires pour faire à son souverain un accueil aussi brillant que le permettait le peu de temps qui devait s'écouler avant son arrivée; et, à force de soins et d'activité, il réussit à tout préparer pour l'heure qui lui avait été indiquée. Mais le roi, attendu à midi, n'arriva qu'à sept heures du soir, toujours douloureusement occupé de la perte de ses équipages, et tellement pressé par la faim et la soif, qu'il ne voulut pas changer ses vêtements mouillés avant d'avoir satisfait ces deux besoins.

Nous avons déjà dit que le roi Jean n'avait aucune vertu ; la tempérance lui était donc étrangère. La vue du repas splendide qui lui fut servi réveilla sa gourmandise; il mangea sans ménagement, et chercha à noyer dans le bon vin de l'abbé le pénible souvenir de ses pertes. Cet excès, l'imprudence qu'il avait commise en refusant de changer d'habit, et surtout l'agitation d'esprit occasionée par la perte de tous ses équipages, lui causèrent, pendant la nuit, un accès de fièvre si violent, qu'il lui fut impossible de songer à partir le lendemain matin comme il en avait l'intention. Un frère qui avait quelque connaissance en médecine lui donna les soins nécessaires, et lui recommanda une diète rigoureuse; mais la diète et le roi Jean ne s'accordaient nullement ensemble, et s'étant trouvé mieux vers midi, il voulut absolument dîner, et tout ce qu'on put obtenir de lui, ce fut qu'il mangerait avec plus de modération que la veille. Un second accès de fièvre, que plus de sobriété lui aurait peut-être évité, se déclara encore pendant la nuit; mais comme il fut moins fort que le premier, il annonça le jour suivant qu'il voulait partir pour Newark.

Son armée était arrivée la veille, après avoir passé le Well-Stream sans accident et sans danger. Après quelques heures de repos, elle était partie pour Newark, et elle avait ordre d'attendre le roi dans cette ville. Jean voulut monter à cheval, mais il sentit que ses forces ne lui permettraient pas de faire le voyage de cette manière, et il se fit transporter en litière. En arrivant au prieuré de Ne-

wark, il préténdit que, bien loin d'être
fatigué de la route , il se trouvait
beaucoup mieux; subterfuge inspiré
probablement par la gourmandise
qui lui faisait craindre qu'on ne lui
recommandât de nouveau la diète et
l'abstinence, régime qui ne lui convenait nullement. On lui servit un
repas magnifique; il ne se refusa rien
de ce qui pouvait tenter sa sensualité;
il but à proportion, et mit le comble
à son imprudence, ou plutôt à sa fo-
lie, en mangeant au dessert cinq à
six pêches , fruit qu'il aimait passion-
nément.

La fièvre revint dans la soirée
comme les deux jours précédents , et
avec plus de violence que jamais; une
indigestion terrible s'y joignit , et ,
malgré tous les secours qu'on put lui

donner, à cinq heures du matin, le roi Jean avait cessé d'exister.

Les barons anglais qui se trouvaient dans son armée s'assemblèrent aussitôt, et le commandement en fut déféré, d'une voix unanime, au comte d'Arundel. Celui-ci, qui n'avait aucun motif ni pour dévaster les provinces du centre de l'Angleterre, ni pour aller attaquer le comte d'Albiney dans son château, ordonna sur-le-champ que l'armée entrât en cantonnement à Newark et dans les environs, et défendit qu'aucun des corps nationaux ou étrangers qui la composaient fît aucun mouvement avant qu'on eût reçu des nouvelles de Londres, où il envoya sur-le-champ des messagers pour annoncer la mort du roi. On y reçut pourtant cette nou-

velle vingt-quatre heures avant l'arrivée de ces envoyés. Nous verrons,
dans le chapitre suivant, comment
elle y parvint, et quels effets elle y
produisit.

CHAPITRE XXIV.

« Il m'est désormais trop dur de reculer. »

RACINE.

Sir John Trevor était du nombre de ceux qui avaient passé le Well-Stream avec le roi. Dans la confusion qui régna lors de ce passage, et qui fut encore augmentée par la maladie de Jean, on cessa de le garder avec le même soin, et il lui aurait été assez facile de s'échapper. Mais que pouvait-il faire pour son ami d'Albiney ? il ne voyait aucun moyen de lui procurer des secours, et quand il parviendrait à s'introduire dans son château, ce qui offrait de grandes difficultés, de quelle utilité un homme de plus pourrait-il être aux assiégés? Il se détermina donc à rester à l'armée du roi, à y attendre les évènements, et à chercher à profiter de toutes les circonstances qui pourraient être favorables à ses amis.

La mort du roi lui fit faire de nouvelles réflexions. Elle lui parut devoir changer totalement la face des affaires en Angleterre, et il résolut d'en porter lui-même la nouvelle à Londres. Montant à cheval, sans attendre le résultat des délibérations des barons, qui venaient de s'assembler, il partit à bride abattue, ne s'arrêta que pour changer de chevaux, et arriva dans la capitale en moins de

vingt-quatre heures. Il descendit chez
Robert Fitz-Walter qui le conduisit
sur-le-champ chez le comte de Pembroke, et comme le parlement était
alors assemblé, ces deux seigneurs
s'y rendirent avec lui, et y annoncèrent la mort du roi Jean.

C'était l'évènement le plus heureux
qui pût arriver pour l'Angleterre, et
comme on croit aisément ce qu'on
désire, personne ne songea à révoquer
en doute la nouvelle que sir John apportait, et l'on se contenta de lui demander d'en affirmer la vérité par
serment.

Dès que cette formalité eut été
remplie, le parlement proclama le
fils aîné de Jean roi d'Angleterre, sous
le nom d'Henri III, et comme ce
prince n'avait encore que dix ans, on

conféra la régence au comte de Pembroke, avec le titre de protecteur du royaume.

Il aurait été impossible de faire un choix plus propre à concilier tous les esprits, et à rétablir la paix en Angleterre. Le comte de Pembroke avait épousé la princesse Éléonore, seconde fille du feu roi, et se trouvait par conséquent beau-frère du jeune monarque. Depuis plusieurs années il était revêtu de la charge de grand-maréchal d'Angleterre, ce qui lui donnait le rang de généralissime de toutes les armées. C'était un homme de bien, qu'aucune considération personnelle, aucun motif d'intérêt ne pouvaient écarter de son devoir. Il était aussi profond politique que brave guerrier, et, quoiqu'il fût toujours resté attaché à la cause

du roi son beau-frère, on savait qu'il
désapprouvait sa conduite, et qu'il lui
avait donné bien des fois des avis qui
n'avaient pas été écoutés ; aussi était-
il estimé et respecté même par les
barons, qui s'étaient ligués pour se-
couer le joug du tyran.

Résolu de pacifier l'Angleterre, à
peine eut-il été appelé à la régence
qu'il prêta devant le parlement, au
nom du jeune roi, le serment d'exécuter fidèlement la grande charte,
dont la violation avait causé les troubles qui désolaient l'Angleterre; et
comme la cérémonie du couronne-
ment semblait nécessaire à cette
époque pour consolider les droits de
l'héritier du trône, il fit couronner
dès le même jour le roi Henri par
les évêques de Bath et de Winchester.

Il publia une proclamation pour inviter les barons confédérés à rentrer dans le devoir, en leur promettant pleine et entière amnistie pour tout ce qui s'était passé pendant la vie du roi Jean. Telle était la confiance qu'on avait dans sa droiture, et dans sa franchise, que tous ceux qui se trouvaient à Londres se soumirent à l'instant même, et mirent leurs troupes à sa disposition.

Ne doutant pas que cet exemple ne fût imité par les autres barons, il envoya des messagers à chacun d'eux, et tous firent leur soumission; les uns un peu plus tôt, les autres un peu plus tard. Le prince Louis, qui était encore sous les murs de Douvres, se vit abandonné en un instant par tous ceux qui avaient pris son

3.

parti , et se trouvant réduit aux forces qu'il avait amenées avec lui , il ne tarda pas à conclure la paix avec le régent et à retourner en France.

Alexandre était retourné à son armée , qui venait d'entrer dans le Northumberland ; mais dès qu'on apprit dans le Cumberland et le Westmoreland la nouvelle de la mort de Jean et de la nomination du comte de Pembroke à la place de régent du royaume, on se souleva contre les garnisons écossaises qui avaient été laissées dans les principales villes; et le jeune roi d'Écosse, menacé lui-même par les ambassadeurs de Pembroke d'une invasion dans son propre pays , se hâta d'accepter les conditions de paix qui lui étaient offertes, et dont les principales étaient sa rentrée en

Écosse et sa renonciation aux trois comtés du nord de l'Angleterre.

Nous n'avons pas besoin de dire que ces deux évènements importants, l'évacuation de l'Angleterre par le roi d'Écosse, et le départ du prince Louis pour la France, ne furent pas l'ouvrage d'un jour, mais ils furent la suite des mesures sages et énergiques que prit le comte de Pembroke le jour même de sa nomination à la régence.

Il songea aussi en même temps à délivrer l'Angleterre d'un des plus grands fléaux qui l'accablaient depuis quelques années, c'est-à-dire de ces bandes d'étrangers soudoyés que Jean y avait appelés pour faire la guerre à ses sujets. Il en prononça le licenciement, et leur ordonna de se rendre

dans divers ports de mer qu'il indiqua,
et où, avant de s'embarquer, ils recevraient ce qui pouvait leur être dû de
leur solde. Il envoya cet ordre à chacun de leurs chefs par des messagers,
et sir John Trevor, sur sa demande,
fut chargé de celui qui était destiné
pour Godeschall.

La promptitude avec laquelle le
comte de Pembroke prit et exécuta
toutes ces résolutions, fit que sir
John fut en état de partir dès le second jour après son arrivée à Londres. Il se mit en route à la chute du
jour, courut toute la nuit, et arriva le
lendemain vers quatre heures après
midi devant le château de Melton. Il
était toujours entouré par les différents postes de Godeschall; et s'étant
adressé à l'officier qui commandait le

premier détachement qu'il rencontra, il le pria de le faire conduire sur-le-champ devant son chef, à qui il avait des dépêches à remettre.

Godeschall était déjä depuis plusieurs années à la solde du roi Jean; il connaissait sir John Trevor, il savait qu'il avait pris parti pour les barons coalisés contre ce monarque, et il ne put s'empêcher de montrer quelque surprise en le voyant arriver seul dans son camp.

« Quel motif peut amener ici sir John Trevor? » lui demanda-t-il.

« Vous le connaîtrez, » répondit sir John, « quand vous aurez là l'ordre que je suis chargé de vous remettre. »

La rage et la consternation se peignirent sur le visage de Godeschall

pendant qu'il lisait l'ordre de licenciement qui lui était adressé par le
régent du royaume. Ses préparatifs
d'attaque étaient presque terminés,
il ne lui fallait plus que deux ou trois
jours pour se trouver en état de livrer
au château un assaut auquel il regar-
dait comme impossible qu'il résis-
tât. Fallait-il qu'il renonçât à l'espoir
presque assuré de s'emparer des trésors qu'il renfermait; de se rendre
maître de la personne du comte d'Albiney, de toute sa famille, et d'en obtenir une riche rançon? Cette idée
n'était pas supportable. Son parti fut
bientôt pris. Il avait appris la veille la
mort du roi Jean; il résolut de fein-
dre qu'il l'ignorait.

« Je n'ai pas d'ordre à recevoir du
comte de Pembroke , » répondit-il

froidement ; » je ne reconnais de maître en ce royaume que le roi. »

« Aussi est-ce au nom du roi que le comte vous écrit. Vous devez voir par cette lettre qu'il a été élu régent du royaume. »

« Je vois qu'il en prend le titre, et j'en conclus que, comme tant d'autres barons anglais, il est déloyal, perfide et traître. »

« Ainsi donc vous refusez d'obéir ? »

« Le roi Jean m'a ordonné de soumettre ce château, et je n'en lèverai le siége que lorsqu'il m'en donnera l'ordre. »

« Mais vous ne pouvez ignorer la mort du roi Jean. Elle est connue maintenant de toute l'Angleterre, et la voix publique... »

« La voix publique peut se trom-

per. Au surplus , sir John , s'il était
vrai que le roi Jean fût mort, et que
le duc de Pembroke gouvernât le
royaume en qualité de régent, au nom
du fils et de l'héritier légitime de ce
monarque, il n'aurait pas choisi pour
me signifier ses ordres, un baron qui
deux jours auparavant portait les
armes contre son souverain. Je ne
puis donc voir dans votre arrivée ici
qu'un stratagème concerté pour m'é-
loigner d'un château dont je suis à la
veille de me rendre maître. Vous
n'êtes qu'un espion introduit dans
mon camp sous un faux prétexte ; et
vous savez quel châtiment les lois de la
guerre prononcent contre les espions.
Vous le subirez, ce châtiment, mais je
veux d'abord que vos yeux soient témoins de la prise de ce château, que

vous comptiez secourir par une ruse
si mal ourdie, après quoi je vous ferai pendre sur le haut de cette tour
pour servir d'exemple aux traîtres à
leur roi, et aux parjures aux lois de
l'honneur et de la guerre. »

Sir John allait répondre, mais à un
signe que fit Godeschall, il fut en un
instant arrêté, désarmé, garrotté, et
jeté dans une tente où deux sentinelles furent chargées de veiller sur lui.

Ce ne fut que le lendemain matin
que le messager chargé d'ordres semblables à celui dont sir John Trevor
était porteur, arriva au camp du comte
d'Arundel, qui était toujours à Newark,
et à qui ils étaient adressés. Le comte,
après avoir lu ces dépêches, convoqua
tous les barons anglais et tous les
chefs de troupes étrangères qui se

trouvaient dans son armée. Le mécontentement de ceux-ci éclata dès
qu'ils entendirent la lecture de l'ordre
de leur licenciement.

«Belle récompense de nos services!»
s'écria Mauléon.

« Versez votre sang pour l'Angleterre, » dit le Piémontais Soltini, surnommé Sans-Merci, « du moment
qu'elle n'a plus besoin de vous, elle
vous méprise comme le verre que
brise à la fin d'un repas celui qui ne
veut plus boire. »

« Il faut qu'on nous paie avant de
nous licencier, » ajouta l'Allemand
Walter Buck, dit l'Assassin, « et nous
devons être libres de partir quand
nous le voudrons et par tel port qu'il
nous plaira. »

Chacun d'eux fit son observation,

et l'on remarqua avec surprise que
Falco Sans-Entrailles, qui était le plus
féroce, le plus violent et le plus in-
discipliné de tous ces chefs de bande,
ne se permît pas une seule réflexion.
Ils sortirent avec tous les signes d'un
mécontentement bien prononcé, et le
comte de Pembroke, craignant qu'ils
ne se portassent à une révolte ouverte,
donna ordre à tous les barons de faire
mettre toutes leurs troupes sous les
armes, afin de ne pas se laisser sur-
prendre par une attaque imprévue.
Le ressentiment se borna pourtant
aux plaintes, aux murmures, et aux
imprécations. Aucun d'entre eux n'é-
tait assez fort pour rien tenter isolément, et ils n'avaient pas de confiance
les uns dans les autres, parcequ'ils
savaient qu'il n'y en avait pas un seul

parmi eux qui, moyennant une bonne paye, ne fût prêt à prendre les armes contre les autres. Ils firent donc leurs préparatifs de départ tout en murmurant, et le lendemain chacun d'eux quitta le camp et suivit la route qui lui avait été indiquée.

Falco avait été plus expéditif. En sortant de l'assemblée, il avait fait mettre sa troupe sous les armes, et il était parti une heure après sans faire d'adieux ni au comte de Pembroke, ni à ses confrères. Nous verrons probablement par la suite quels étaient ses projets.

CHAPITRE XXV.

« De mille affreux soldats Junie environnée
» S'est vue en ce palais indignement traînée.
» Hélas ! de quelle horreur ses timides esprits
» A ce nouveau spectacle auront été saisis ! »

RACINE.

Dans la même journée qui vit les évènements que nous venons de rapporter, un corps de troupes de sept à huit cents hommes passait à environ deux mille du château de Melton. Il était onze heures du soir, la nuit était obscure, le chef ne connaissait pas le pays, et craignant de s'éloigner du lieu où il voulait se rendre, au lieu de s'en approcher, il fit faire halte, et envoya faire des reconnaissances en avant et des deux côtés de la route.

Ces détachements étaient à peine partis, qu'on lui amena un paysan qu'on venait de rencontrer.

« Bon homme, » lui dit le chef, « suis-je sur la route du château de Melton, et est-il bien loin d'ici ? »

« Le château de Merliton ? » dit le paysan ; « c'est plus que je ne saurais vous dire, je n'en ai jamais entendu parler. »

« Il doit pourtant être dans ces environs ; est-ce que tu n'es pas de ce pays ? »

« Non vraiment. »

« Et que fais-tu sur la route à une pareille heure ? »

« Je suis en voyage. »

« D'où viens-tu ? où vas-tu ? Pourquoi voyages-tu ? »

« Je viens du comté d'York, et je vais où je pourrai trouver de l'ouvrage. »

« Ce drôle m'est suspect, » dit le chef ; « un paysan qui cherche de l'ouvrage ne voyage pas la nuit. C'est peut-être quelque émissaire déguisé chargé de nous suivre, et porteur d'ordres pour..... Qu'on le fouille à l'instant. »

On lui obéit ; on fouille le paysan avec grand soin. On ne trouva sur lui aucun ordre, aucun papier, mais on remarqua sous son habit le justaucorps vert des compagnons de Robin-Hood, costume universellement connu dans toute l'Angleterre, et dont ceux qui ne l'avaient jamais vu avaient au moins entendu parler.

Ce prétendu paysan était Allandale que nous avons vu quitter le
frère Tuck en sortant du château de
Melton pour aller chercher Robin
Hood dans la forêt de Barnsdale. Son
voyage avait été plus long qu'il ne le
pensait, parceque, ne l'y trouvant pas,
il avait été à un autre rendez-vous
que la troupe avait dans la forêt de
Plompton-Park ; comté de Cumberland, et cette démarche ayant été aussi
infructueuse que la première, il re-
tournait en ce moment à la ferme de
Skelton, pour rendre compte de sa
mission à Little John.

« Ah! ah! » s'écria le chef; « tu
fais donc partie de la troupe de ce fameux brigand Robin Hood, et par
conséquent tu ne serais pas surpris si

je te faisais pendre sans autre forme de procès? »

« Vous n'en ferez rien, » répondit froidement Allandale, qui avait reconnu qu'il était au milieu d'un corps de troupes étrangères.

« Et pourquoi n'en ferais-je rien? » demanda le chef.

« Parcequ'un bon soldat vous sera plus utile qu'un pendu. J'ai quitté la troupe de Robin Hood; je voulais m'enrôler dans un de ces corps de braves étrangers qui sont en Angleterre. On m'avait dit que je trouverais dans ces environs celui de Godeschall, mais après tout j'aime autant servir dans le vôtre si vous voulez m'y recevoir. Vous pouvez me mettre à l'épreuve, je ne crains aucun de vos gens, ni à l'arc ni au sabre. »

« C'est ce que nous allons voir. — Réginald, fais donner un sabre à cet homme, et vois ce qu'il est en état de faire. »

Réginald était l'un des meilleurs soldats de ce corps, et cependant dès la première passe Allandale le désarma.

« Fort bien, » dit le chef; « je te prends à mon service, et si tu manies l'arc aussi bien que le sabre, ce dont nous jugerons quand il fera jour, je te donnerai le commandement d'un peloton. »

Les détachements envoyés en reconnaissance revinrent en ce moment, et l'un d'eux annonça qu'à peu de distance sur la droite, il se trouvait un petit bois sur la lisière duquel il existait une maison isolée dans laquelle on avait vu briller une lumière. »

« Il faut nous y rendre sur-le-champ, » s'écria le chef, « nous y apprendrons où nous sommes, et à quelle distance nous nous trouvons du château de Melton. » Et il donna ordre de se mettre en marche.

Allandale aurait pu répondre à ces deux questions, car il savait fort bien que ce petit bois était celui de Skelton, et que cette maison isolée était la ferme du vieux Meadows. Mais ayant dit qu'il ne connaissait pas les environs, il ne pouvait se rétracter sans risquer de se rendre suspect ; il garda donc le silence, quoique cette visite à la ferme le contrariât et l'inquiétât. Il ne pouvait croire que le corps dont il faisait maintenant partie arrivât pour secourir le comte d'Albiney; il était plus porté à croire qu'il venait grossir le nombre de ses ennemis, et il craignait que Little John ou Judith, n'écoutant que leur premier mouvement, ne commissent quelque imprudence.

On arriva bientôt à la porte de la ferme; on y frappa plusieurs fois, mais on ne se pressait pas de l'ouvrir. Cependant il était évident que les habitants de la maison n'étaient pas encore couchés, car on entendait parler dans l'intérieur.

« Il faut ouvrir la porte, » disait Little John; « qui diable peut frapper ainsi à l'heure qu'il est? »

« Certainement non, » dit Bridget; « ce sont quelques soldats ivres qui ne viennent que pour faire du tapage. »

« Certainement si, » dit Meadows,

« aimez-vous mieux la laisser briser ? »

Effectivement, le chef, accoutumé aux voies de fait, venait de donner ordre qu'on l'enfonçât ; mais Judith, qui n'avait pris aucune part à cette discussion, alla l'ouvrir pendant qu'elle durait encore. Elle tenait une lampe à la main, et elle recula d'effroi en voyant une troupe nombreuse de gens armés. Le chef entra le premier, une vingtaine d'hommes le suivirent, Allandale était parmi eux, mais il eut soin de ne pas se mettre au premier rang, de crainte que sa présence inattendue ne mît hors de leur garde Judith ou Little John, dont il avait reconnu la voix.

Le chef de cette troupe était un amateur très prononcé du beau sexe ; dès qu'il vit Judith, il oublia le châ-

teau de Melton, et tous les motifs
qui l'avaient amené d'abord dans ce
canton et ensuite dans cette ferme;
il ne songea plus qu'à la jeune et jolie
fille qu'il avait sous les yeux, et lui saisissant le bras d'une main, tandis qu'il
lui passait l'autre sous le menton,
« Comment donc! » s'écria-t-il, « un
pareil bijou dans une ferme! Qui s'y
serait attendu? »

Little John, qui était assis au coin
de la cheminée, perdit son sang-froid
en voyant traiter ainsi la fille de son
chef, une fille qu'il aimait comme si
elle eût été la sienne; il saisit un gros
bâton qui était près de lui, et se
levait pour s'avancer vers l'insolent
qui se conduisait d'une manière si
libre, quand Allandale voyant que
toute résistance serait inutile, tira le

sabre dont on l'avait armé, s'élança sur lui, et lui en appuyant la pointe sur la poitrine: « Misérable rustre, » s'écria-t-il, en lui faisant un signe des yeux pour s'en faire reconnaître, « oses-tu bien menacer mon chef? sais-tu qu'il n'a qu'un mot à prononcer pour que je te fasse sauter la tête de dessus les épaules? »

«Laisse ce misérable manant, » lui dit le chef; « la colère de l'aigle ne peut tomber sur de vils vermisseaux. Bonne femme, » ajouta-t-il en s'adressant à Bridget, «sommes-nous bien loin du château de Melton? »

«Mon Dieu non, » répondit-elle, « vous n'en êtes qu'à deux pas. »

« Mon Dieu, si, » dit le vieux Meadows, « vous en êtes à plus d'un grand mille. »

«Et quel est le chemin pour s'y rendre? »

« Il est très simple, » répondit Bridget, « vous n'avez qu'à suivre la lisière du bois, et marcher ensuite tout droit devant vous. »

« Mais faites attention que le château est assiégé, » dit le fermier.

« Je le sais, » répondit le chef.

« Et qu'au bout du bois vous trouverez un poste de Godeschall. »

« Oui? j'en suis bien aise. »

« Est-ce que vous viendriez pour faire lever le siége? »

« Précisément. Je vous réponds que dans vingt-quatre heures, il sera bien près d'être terminé. »

« Dieu soit loué! » s'écria Bridget; « nous ne serons donc plus à la merci d'un tas de brigands qui viennent nous piller tous les jours ! »

« Je me charge de vous en délivrer.
Mais, dites-moi, bonne femme, qui est
cette jeune fille? est-elle votre fille,
votre sœur ? »

« C'est ma cousine, » répondit Bridget en faisant une révérence.

« Eh bien, je vous en débarrasserai
aussi. Elle me plaît, et je l'emmène. »

« Vous emmèneriez ma fille ! » s'écria
Little John en se levant encore. « De
par la mort, il n'en sera rien. »

« Il en sera ce que mon chef vou-
dra, » dit Allandale en s'avançant de
nouveau vers lui. « Sais-tu bien que
nous avons huit cents hommes à la
porte ? Je veillerai sur elle, » ajouta-t-il
en baissant la voix.

Little John sentit que toute résistance était inutile, et il se laissa re-

3. 8

tomber sur sa chaise la tête appuyée
sur ses mains, tandis que le chef de
cette troupe, aidé par Allandale, en-
traînait Judith en dépit de ses pleurs,
de ses prières et de ses gémissements.
Il la fit monter sur un cheval, la plaça
entre lui et Allandale, en qui la conduite qu'il venait de tenir lui avait inspiré beaucoup de confiance, et prit le
chemin que la fermière lui avait indi-
qué. La route n'était pas longue, et le
fidèle compagnon de Robin Hood ne
trouva pas l'occasion de dire un mot
à la malheureuse captive, mais ses
yeux lui firent comprendre qu'elle
pouvait compter sur son dévouement,
et cette assurance la consola un peu.

Il était minuit et demi quand ils
partirent de la ferme; et, quelques
instants après, Little John en sortit

aussi pour se rendre à l'entrée du souterrain, où il avait toutes les nuits à une heure un rendez-vous avec quelqu'un des chefs des assiégés. Il y trouva William et le sire de Beaupré, qui furent très surpris de son air abattu et consterné ; mais ils le furent bien davantage en apprenant ce qui venait de se passer à la ferme, et il serait impossible de peindre la douleur et le désespoir qui s'emparèrent de William.

« Savez-vous quels sont ses ravisseurs ? » demanda le sire de Beaupré à Little John.

« Je l'ignore, mais je présume que c'est une de ces bandes de mercenaires qui étaient à la solde du roi Jean. »

« Mais ne nous avez-vous pas dit hier que le régent les avait licenciées ?» s'écria William.

« Oui, mais je vous ai dit aussi que Godeschall avait refusé d'obéir à cet ordre, et qu'il avait fait arrêter sir John Trevor qui en était porteur. »

« Et que viennent faire ici ces scélérats? » demanda William.

« Leur chef est sans doute un ami de Godeschall, » dit le sire de Beaupré; « et peut-être vient-il le joindre dans le dessein de partir avec lui. »

« Ou de joindre ses forces aux siennes pour l'aider à s'emparer du château, » ajouta Little John. « Ce motif me paraîtrait même le plus vraisemblable. »

« Quels que puissent être ses desseins, » s'écria William, « il ne faut songer qu'à délivrer Judith. Je vais me jeter aux pieds de mon père, et le supplier de me permettre de faire une

sortie avec toute la garnison du château. »

« Et j'appuierai cette demande de
tout mon pouvoir, » dit le sire de
Beaupré.

« Le comte ne pourrait y consentir
sans imprudence, » dit Little John.
« Ses forces étaient insuffisantes pour
attaquer Godeschall, comment pourrait-il vouloir le faire après le renfort
qui vient de lui arriver ? J'ai toute
confiance dans Allandale : j'ignore
comment il se trouve incorporé dans
cette troupe, mais c'est un hasard fort
heureux pour nous. Songez d'ailleurs
qu'il va trouver dans le camp de Godeschall douze de nos braves compagnons; il les reconnaîtra, leur servira
de chef, et Judith ne se trouvera pas
sans protecteurs. Attendons de leurs

nouvelles avant de prendre un parti,
et cependant je vais dépêcher un messager à Robin Hood pour lui apprendre la situation dangereuse dans laquelle se trouve sa fille. »

William eut beaucoup de peine à
se rendre à cet avis; mais le sire de
Beaupré, que l'amour n'aveuglait pas
comme lui sur les difficultés, parvint
à lui faire sentir que le parti proposé
par Little John était le meilleur qu'ils
pussent prendre; et ils se séparèrent
après être convenus qu'à compter de
ce moment une sentinelle serait toujours en faction près de la trappe qui
fermait le souterrain, et que Little
John saisirait toutes les occasions favorables pour leur faire savoir tout ce
qu'il pourrait apprendre de ce qui se
passerait dans le camp des ennemis.

CHAPITRE XXVI.

« Ma main secondera la tienne,
» Notre sort est commun ; ton injure est la mienne. »

LAFOSSE.

Il n'était guère qu'une heure du
matin quand les sentinelles avancées
de Godeschall entendirent le bruit
d'une cavalerie nombreuse qui s'ap-
prochait. Ils donnèrent sur-le-champ
l'alarme dans le camp ; chacun prit
les armes à la hâte, et Cœur-de-Fer,
suivi de quelques soldats, courut se
poster au passage qui donnait entrée
dans ses retranchements.

Ce corps était celui qui venait de
la ferme du vieux Meadows. Dans
l'obscurité, il avait un peu dévié de
la ligne droite que Bridget avait indiquée comme conduisant au château
de Melton, et laissant sur sa gauche
le poste dont elle lui avait parlé, il
arrivait au camp de Godeschall. Celui-ci était assez porté à croire que
c'étaient des troupes qu'on avait fait
marcher contre lui pour les forcer à
exécuter l'ordre de son licenciement.
La seule question était de savoir s'il
obéirait ou s'il ferait résistance, et
pour la décider, il fallait qu'il con-
nût la force du corps qui s'avançait;
il sortit donc de son camp, accom-
pagné seulement de cinq ou six hommes, pour le reconnaître lui-même.
Dès qu'il fut à portée de le voir et

d'en être aperçu, il entendit une voix forte s'écrier : « Halte! » et un seul homme sortant des rangs s'avança vers lui.

« C'est toi, Falco ! » s'écria Godeschall, reconnaissant avec plaisir son compatriote.

« Moi-même, » dit Falco, car c'était lui qui était le chef de la troupe qui arrivait ; « je viens t'apporter des nouvelles : nous sommes licenciés, renvoyés d'Angleterre. »

« Je le sais. J'ai reçu l'ordre de licenciement et de départ, et j'ai fait arrêter celui qui en était porteur. Je veux prendre ce maudit château avant de partir. »

« Et j'arrive pour t'y aider.—On dit que la prise en vaut la peine. Mais il faut nous hâter ; car, d'après la manière dont vont les choses, nous devons nous attendre à être bientôt traités en ennemis. »

« Dans deux jours tous mes préparatifs d'attaque seront terminés. »

« C'est trop tard. Si mes troupes n'étaient pas fatiguées par une marche forcée, je voudrais livrer l'assaut à l'instant même; mais elles ont besoin de repos; il faut attendre la nuit prochaine. — Tu as sans doute des échelles d'escalade? »

« Non. Je comptais entrer dans le château par une brèche. »

Il entra alors dans le détail de son plan. Il avait fait construire plusieurs de ces machines de guerre usitées à cette époque pour battre les murs des places qu'on attaquait, et pour protéger ceux qui les feraient jouer, il fait

sait élever une tour plus haute que
les murs du château, du haut de la
plate-forme de laquelle des pierriers
feraient pleuvoir une grêle de pierres
sur les assiégés qui se montreraient
sur les murailles, tandis que des archers leur lanceraient des traits de
toute espèce. Tous ces travaux pouvaient être finis en moins de deux
jours ; mais il fallait ensuite un temps
assez considérable pour assembler
toutes les pièces séparées qui devaient
servir à la construction de la tour.
Ces délais ne convenaient pas à l'esprit ardent et entreprenant de Falco,
et il persista à vouloir donner un assaut et tenter l'escalade la nuit suivante. Godeschall y consentit. Il fut
convenu qu'on ferait construire des
échelles dans la journée, qu'on conti-

nuerait les autres préparatifs afin d'y
avoir recours ensuite si l'assaut ne
réussissait point, et que personne ne
serait instruit de ce projet d'attaque
nocturne qu'à l'instant même de l'exécuter.

Falco entra avec sa troupe, dont
une bonne moitié consistait en cavalerie, dans le camp de Godeschall; il
demanda une tente séparée pour sa
prisonnière qu'il eut soin de faire
garder par des gens dont il était sûr.
Il fit déployer des tentes pour ses soldats; on mit les chevaux au piquet,
et il passa la nuit lui-même sous la
tente de son ami.

Le lendemain matin il se promena
dans le camp, fit la revue de ses
troupes, inspecta les travaux qui se
continuaient pour la construction de

la tour ; et partout où il allait, il trouvait sur son chemin Allandale, qui semblait mettre une sorte d'affectation à se montrer à ses yeux un arc à la main.

« Que me veux-tu ? » lui dit-il enfin. — « Ah ! je me souviens. — Je t'ai promis de mettre tes talents à l'épreuve ce matin. Eh bien, tu vois cet arbre isolé, » lui dit-il en lui en montrant un à environ deux cents pas : « Es-tu en état d'y planter une flèche ? »

« Le moindre des archers de Robin Hood en serait capable, » répondit Allandale ; « mais voyez-vous cette branche séparée des autres qui se courbe vers la terre ? »

« O 1. »

« Ce sera mon but. »

A peine avait-il prononcé ces mots, qu'il décocha sa flèche. La branche,

qui n'avait pas deux pouces de diamètre, fut percée de part en part,
et le trait y resta attaché. Cette preuve
d'adresse surprit tous ceux qui en
avaient été témoins, et Falco en fut
enchanté. « Je tiendrai ma parole,
mon brave, » lui dit-il, « et à compter de ce jour tu auras le commandement d'un peloton de vingt hommes. — As-tu autre chose à me
demander ? »

« Non ; mais je désire vous apprendre quelque chose. »

« De quoi s'agit-il ? »

« Il faut que je vous parle en par-
ticulier. »

Falco sortit du camp avec lui, et
dès qu'ils en furent à quelques pas,
« Eh bien, » lui dit-il, « parle, qu'as-tu
a me dire ? »

« Savez-vous qui est votre prisonnière ? »

« Non. Je sais qu'elle est jeune et
jolie, cela me suffit. »

« C'est la fille unique de Robin
Hood. »

« De Robin Hood! — Il peut se
vanter d'avoir une jolie fille, mais il
ne la reverra plus; je l'emmène avec
moi en Brabant. »

« Vous en êtes le maître; mais je
crois devoir vous dire que Robin
Hood est en état de vous payer,
pour sa fille Judith une aussi riche rançon que si c'était une princesse. »

Oui dà ? ceci changerait la thèse.
— Et combien crois-tu qu'il pourrait
me donner? »

« Mais... je pense qu'il ne refuserait

pas... trois ou quatre mille marcs
d'argent. »

« Trois ou quatre mille marcs
d'argent ! » répéta Falco Sans-Entrailles, en ouvrant les yeux et les
oreilles. « Ce que tu me dis là mérite
attention. — Tudieu ! quatre mille
marcs d'argent valent mieux que
toutes les jolies filles d'Angleterre.
— Mais par quel hasard se trouvait-
elle dans cette ferme ? »

« C'est ce que je ne puis vous
dire. »

« Et quel était ce paysan qui se
faisait passer pour son père ? »

« C'est ce dont je ne puis pas
mieux vous instruire. »

« Que m'importe après tout ? J'au-
rai la fille ou la rançon ; le reste m'est
fort indifférent. — Et sais-tu où trou-

ver Robin Hood pour lui faire part de mes propositions ? »

« Oui. »

« Combien de temps faudra-t-il pour avoir sa réponse ? »

« Trente-six heures, si le messager fait diligence. »

« De par Dieu, c'est toi-même qui le seras. »

« Non, » répondit Allandale, qui ne voulait pas s'éloigner de Judith, « non; je ne puis me charger de cette commission. Vous ne connaissez pas la sévérité de la discipline de Robin Hood. Je suis un déserteur, et si je reparaissais devant lui, je serais accroché à un arbre avant d'avoir eu le temps d'ouvrir la bouche. Choisissez un homme sûr, qu'il prenne un de vos meilleurs chevaux, et je lui don-

nerai tous les renseignements nécessaires pour qu'il puisse trouver aisément mon ancien chef. »

« Cela sera fait à l'instant, mon
brave, et tu peux compter que tu seras généreusement récompensé de
l'avis que tu viens de me donner.
— Quatre mille marcs d'argent! Tudieu! C'est ma bonne étoile qui m'a
conduit dans cette ferme! — Je vais
préparer ma dépêche pour le proscrit. »

« Mais ne pensez-vous pas qu'il
serait nécessaire que la jeune fille
écrivît à son père? Sans cela il pourrait regarder votre lettre comme une
ruse de guerre pour lui arracher de
l'argent. »

« L'idée est bonne, et j'en profite-
rai. — Écoute-moi, je veux être libé-

ral envers toi ; si je touche une rançon de quatre mille marcs, il y en a pour toi cinq cents. — Suis-moi maintenant. »

Ils rentrèrent dans le camp ; le premier soin de Falco fut d'installer Allandale dans son nouveau grade de chef de peloton, et il le chargea spécialement de veiller sur la prisonnière, croyant que personne ne pouvait y être plus intéressé ; après quoi il entra dans la tente où elle était gardée.

Allandale était parvenu à son but. Il savait fort bien que Robin Hood ne pouvait payer une rançon si énorme, mais il avait voulu enflammer la cupidité de Falco, afin d'avoir le moyen d'informer son chef de la captivité de sa fille, car il ignorait encore les intelligences qu'il s'était ménagées dans le camp de Godeschall. Ce ne fut qu'après la conversation que nous venons de rapporter, qu'il rencontra, à sa grande surprise, quelques uns de ses compagnons, et qu'il apprit la correspondance journalière qu'ils entrenaient tous les jours avec Little John et avec Robin Hood.

.. Judith avait passé le reste de la nuit dans la tente où elle était gardee à vue, livrée aux larmes et à l'inquiétude; sa solitude n'y avait été troublée que par un soldat qui lui avait apporté le matin de quoi déjeuner, car il ne se trouvait pas une seule femme dans le camp de Godeschall. Ne sachant ni quels étaient ses ravisseurs, ni quel sort lui était réservé, elle s'était hasardée à faire quelques questions à ce soldat qui n'y avait répondu que par un sourire diabolique, et elle était en proie à la terreur et à la consternation, quand elle vit entrer Falco. Les premiers mots qu'il prononça ne firent qu'y ajouter encore.

« Elle est ma foi charmante! » s'écria-t-il; « et il faudrait être dupe pour..... Cependant quatre mille marcs... savez-vous, miss Robin Hood, — vous voyez que je vous connais, — que vous êtes la plus jolie fille que j'aie rencontrée en Angleterre? vous sentiriez-vous quelque disposition à m'accompagner en Brabant ? Si cela était, je crois, ma foi, que pour l'amour de vous je renoncerais.... non, non, chassons cette pensée. — Mais pourtant que répondez-vous à cette proposition ?

« Que la force seule pourrait me
contraindre à vous suivre. »

« Je m'en doutais; mais j'ai la force
en mains, et vous ne seriez pas la première belle que j'aurais obligée à y céder. — Quels yeux! quelle bouche!
quelle réunion de charmes! — Oui,
mais les charmes de quatre mille
marcs.... Ainsi donc une vie errante
dans les forêts avec un vieux père a
plus d'attraits pour vous que tous les
plaisirs dont un jeune guerrier, un
amant plein d'ardeur, chercherait à
vous environner? »

« Je ne connais de plaisir que dans
l'accomplissement de mon devoir.

« Votre devoir serait de m'aimer. »

« Vous ne m'inspirez que l'horreur. »

« Que l'horreur! ha! ha! ha! —

N'en dites pas davantage , car vous
me feriez manquer à mes résolutions ;
les difficultés ne font que m'animer ;
je n'aime pas à voir une place capi-
tuler à la première sommation , je
préfère la prendre d'assaut. — Mais
vous ne savez pas ce que vous refusez. Il n'y a pas une Brabançonne qui
ne vous enviât le titre de maîtresse
de Falco. »

. « Plutôt mille fois mourir ! »

« Là ! là ! vous ne mourrez pas ; un
seul baiser, et je vais vous annoncer
une bonne nouvelle. »

A ces mots il s'avança vers elle les
bras ouverts pour l'embrasser. Judith
sans recourir aux prières, aux pleurs
ou aux gémissements, marcha à sa
rencontre , comme si elle eût voulu
lui épargner la moitié du chemin, et,

par un mouvement rapide, saisissant la poignée du sabre qu'il portait à son côté, elle le tira du fourreau, et sautant légèrement en arrière, le fit brandir en l'air de manière à prouver qu'elle savait s'en servir.

« Tudieu, quelle virago ! » s'écria Falco. « Doucement, la belle, doucement ; je vois que ce n'est pas à tort qu'on vous a donné le nom de Judith, mais je n'ai pas envie de jouer le rôle d'Holopherne. Déposez cette arme, et je vous donne ma parole d'honneur que personne ici, pas même Falco, ne cherchera à vous insulter. »

« Puis-je me fier à cette promesse? » demanda Judith.

« Vous le pouvez. On m'a surnommé Sans-Entrailles; mais nul n'aurait

osé me donner le surnom de Sans-
Foi. »

Judith jeta par terre le sabre dont
elle s'était emparée.

« Fort bien ! » dit Falco en le ra-
massant ; « dites-moi, maintenant ,
votre père est sans doute bien riche ? »

« Bien riche ! Mon père ne possède
rien au monde ; tout ce qu'il a appartient en commun à tous ses compagnons. »

« Sans doute, sans doute, comme
le trésor public appartient à une na-
tion, ce qui n'empêche pas le prince
d'y puiser à volonté. N'importe, je
vais vous faire donner tout ce qu'il
faut pour écrire, et vous allez lui
mander que vous êtes ma prisonnière, — la prisonnière de Falco, de
Falco Sans-Entrailles, n'oubliez pas

3.   10

cela; et que s'il n'accepte mes propositions, sous deux jours je vous emmène en Brabant. — Sur ma foi, je ne sais trop si je ne voudrais pas qu'il les refusât. »

Judith ne répliqua rien; elle se trouvait trop heureuse de pouvoir instruire son père de la situation dans laquelle elle se trouvait, et elle ne doutait pas qu'il ne cherchât tous les moyens possibles de lui rendre la liberté. Elle fit sa lettre sur-le-champ. Falco, qui ne savait pas écrire, dicta la sienne à un clerc qui lui servait de secrétaire au besoin, et une heure après un cavalier bien monté, qui avait reçu d'Allandale les instructions nécessaires, partit pour la forêt de Sherwood.

CHAPITRE XXVII.

« Au bruit inopiné des assauts qu'il prépare,
» Des états consternés le conseil se sépare.
» Mayenne au même instant court au haut des remparts;
» Le soldat rassemblé vole à ses étendards. »

VOLTAIRE.

Malgré les renseignements que le courrier dépêché par Falco avait reçus d'Allandale, il se perdit dans le labyrinthe qui conduisait à la demeure de Robin Hood; et il est douteux qu'il eût réussi à s'y rendre, si le hasard n'eût voulu qu'il y rencontrât le frère Tuck et deux de ses compagnons.

« Que cherches-tu ici? » lui demanda Tuck en s'avançant vers lui le bâton levé; « as-tu besoin de ma bénédiction? »

« Je veux parler à votre chef, » répondit le cavalier, qui reconnut le costume qu'il avait vu à Allandale.

« A notre chef! et de quel part? »

« De la part de sa fille. »

« De la part de Judith? Que veut dire cela? Tu n'es pas des nôtres; n'importe, suis-nous; mais si tu nous trompes, tu peux dire ton *in manus.* »

On le conduisit devant Robin Hood, qui fut frappé de surprise et de consternation en lisant les deux lettres qui lui étaient adressées. Il ne pouvait douter que l'une d'elles n'eût été écrite par sa fille; il reconnaissait parfaitement son écriture. Mais com-

ment était-elle prisonnière de Falco ?
Qu'était devenu Little John ? Pourquoi le messager, que ses espions lui
envoyaient chaque jour, n'était-il pas
encore arrivé, quoiqu'il eût dû l'être
depuis plus de deux heures ? Il fit
éloigner l'exprès dépêché par Falco,
et se mit à réfléchir sur toutes ces
circonstances qui lui paraissaient incompréhensibles.

Il avait appris les préparatifs qui
se faisaient dans le camp de Godeschall pour livrer une nouvelle attaque au château de Melton. Son projet était, dès qu'il apprendrait qu'ils
étaient à peu près terminés, de retourner avec toute sa troupe dans le
bois de Skelton, et d'attaquer les assaillants par-derrière à l'instant où ils
se disposeraient à donner l'assaut.

Les assiégés, instruits d'avance par Little John de son arrivée, feraient une sortie en même temps, et il espé-rait que cette double attaque impré-vue jetterait le désordre dans la troupe de Cœur-de-Fer, et qu'il serait facile de la mettre en déroute. Mais à pré-sent, étant sans nouvelles de Little John, ne pouvant payer l'énorme rançon qu'on lui demandait pour sa fille, il n'avait d'autre parti à prendre que de se rendre sur-le-champ dans les environs du château de Melton, et d'employer la ruse ou la force pour délivrer Judith, au risque de tout ce qui pourrait en arriver.

Connaissant l'âme forte et coura-geuse de Marianne, il n'hésita point à lui faire part de la fâcheuse nouvelle qu'il venait de recevoir. Nous laissons aux mères le soin d'apprécier la sévérité du coup dont elle fut frappée en la recevant, mais elle ne montra ni abattement ni faiblesse ; elle ne songea qu'à la nécessité de porter de prompts secours à Judith, et elle en discutait les moyens avec lui, quand le messager de Little John arriva enfin.

On avait retardé de quelques heures son départ afin de pouvoir informer Robin Hood des nouvelles dispositions auxquelles pourrait donner lieu l'arrivée de Falco et de sa troupe dans le camp de Godeschall. Mais ces deux chefs avaient bien gardé le secret sur leur projet. Les préparatifs d'attaque se continuaient ; il fallait encore au moins deux jours pour qu'ils fussent terminés, et rien n'annonçait qu'on songeât à prendre plus tôt des mesures hostiles. Little John, en en rendant compte à son chef, lui donnait aussi tous les détails nécessaires sur l'arrivée de Falco, le retour d'Allandale, et le danger que courait Judith. Il finissait par appuyer sur la nécessité de prendre les moyens les plus prompts pour la délivrer.

Mais Robin Hood avait fait de nouvelles réflexions. Il était important qu'il arrivât pendant la nuit dans les environs du château de Melton, pour que son arrivée ne pût être connue des troupes ennemies. En partant sur-le-champ, suivant son premier projet, il ne pouvait y arriver que vers le milieu de la journée suivante; en retardant son départ de douze heures, il y arriverait la nuit d'après; et, à la faveur des ténèbres, il pour-

rait entrer avec ses compagnons dans
les bois de Skelton, sans que personne les aperçût. Il se détermina
d'autant plus aisément à ce parti, que
d'une part Falco lui disait qu'il atten-
drait deux fois vingt-quatre heures la
rançon de Judith, et que de l'autre
Little John lui mandait que les préparatifs de Godeschall pour attaquer
le château ne seraient pas terminés
avant cette époque.

Il fit donc reparaître devant lui
l'exprès du chef brabançon, auquel il
avait ordonné qu'on fît le meilleur
accueil, et lui ayant fait un assez beau
présent pour lui donner une idée favorable de son opulence et de sa gé-
nérosité, il le chargea d'annoncer à
son maître qu'il se rendrait lui-même
près de lui sous deux jours, pour

5.   11

traiter des conditions de la liberté de sa fille. Dès que ce messager fut parti, il en dépêcha un autre à Little John pour l'avertir que douze heures après l'arrivée de ce courrier, il serait, avec toute sa troupe, dans le bois de Skelton ; après quoi, assemblant ses compagnons, il les informa de la captivité de sa fille et du dessein qu'il avait formé de tout tenter pour la secourir. Tous jurèrent de mourir ou de réussir dans cette entreprise ; et l'on ne songea plus qu'aux préparatifs du départ.

La journée s'était passée fort tranquillement dans le camp de Godeschall, et personne ne se doutait qu'une nouvelle attaque dût avoir lieu la nuit suivante contre le château Allandale, quoique spécialement

chargé de veiller sur Judith, n'avait
pas encore osé entrer dans sa tente de
peur de faire naître quelques soupçons dans l'esprit de Falco, et la malheureuse prisonnière avait passé tout
le jour dans une solitude complète,
qui n'avait été interrompue que par
le soldat qui lui apportait sa nourri-
ture.

La nuit arriva; Godeschall et Falco
appelèrent leurs chefs subalternes,
leur ordonnèrent de faire prendre les
armes sur-le-champ et sans bruit à
tous les soldats, et sortirent eux-
mêmes de leur tente pour veiller à
l'exécution de cet ordre. Le bruit
qu'on allait attaquer le château se répandit bientôt dans tout le camp et
parvint jusqu'aux oreilles d'Allandale.
Quelques instants après, il vit passer

Falco près de la tente dans laquelle
Judith était détenue et devant la porte
de laquelle il se tenait constamment;
et voulant continuer à lui montrer
le zèle et le dévouement dont il avait
pris l'extérieur, il lui témoigna sa surprise de ne pas avoir encore reçu
l'ordre de prendre les armes comme
ses camarades.

« C'est que ton poste est auprès
de ma prisonnière, mon brave, » lui
répondit Falco; «la garde de la fille de
Robin Hood est presque aussi impor-
tante pour moi que la prise du château de Melton; deux pelotons de
vingt hommes chacun doivent rester à la garde du camp, et le tien en
fera partie. — Console-toi, » ajouta-
t-il, en le voyant faire un geste qui
annonçait l'humeur et le méconten-

tement, « je ne te laisserai pas manquer d'occasions de jouer du sabre et de l'arc, mais ce n'est pas ton tour aujourd'hui ; » et à ces mots, il s'éloigna pour continuer sa ronde.

Allandale fut doublement satisfait de la détermination de Falco. D'abord il était charmé de se trouver dispensé de porter les armes contre le comte d'Albiney, et ensuite il espérait qu'à la faveur de la confusion qui régnerait lors de l'attaque, il lui serait possible de délivrer Judith, et de prendre la fuite avec elle, mais cette occasion ne se présenta pas ; parmi les vingt hommes de Godeschall restés à la garde du camp, il ne se trouvait pas un seul de ses compagnons ; le chef qui les commandait prit son poste devant le passage qui en for-

mait l'entrée, et il lui fut impossible
de mettre ce projet à exécution.

Il était environ onze heures quand
les deux troupes sortirent du camp,
et elles marchèrent en silence vers le
barbacan. On nommait ainsi une espèce d'ouvrage avancé qui se trouvait dans tous les châteaux forts et
qui en protégeait l'entrée. C'était en
quelque sorte une porte extérieure
située en face du pont levis de l'autre
côté du fossé, et défendue par deux
tourelles dont elle était flanquée; les
assiégés, qui, d'après les avis qu'ils
avaient reçus de Little John, ne comptaient nullement être attaqués cette
nuit, n'y avaient placé que des sentinelles d'observation, comme sur
leurs murailles, et la nuit était si obscure, que les factionnaires n'aper-

çurent l'ennemi que lorsqu'il était presque aux pieds du barbacan; ils donnèrent sur-le-champ l'alarme aux sentinelles qui étaient sur les murs, mais avant que ceux-ci eussent eu le temps de la répandre dans le château, et que les chefs éveillés en sursaut eussent pu s'armer à la hâte, et faire prendre les armes à un nombre d'hommes suffisant pour résister à l'ennemi, qu'on annonçait arriver avec toutes ses forces, la porte de chêne, quoique solide, avait cédé sous l'effort des haches, les sentinelles avaient été massacrées, et les troupes de Godeschall et de Falco étaient en possession du barbacan.

Il était impossible de songer à les en déloger, et les assiégés ne pensèrent plus qu'à se défendre dans leurs murs;

on ne pouvait les y attaquer qu'après
avoir traversé le fossé large et profond, mais sans eau, qui les entou-
rait. Cette entreprise demanderait du
temps, et pendant que les assaillants
y descendraient, et chercheraient à
remonter sur l'autre bord, ils seraient
exposés aux traits des soldats placés
sur le haut des murs; mais Falco avait
conçu un plan plus expéditif pour
arriver au château et planter contre
les murs les échelles qu'on avait fait
construire; tous ses soldats s'étaient
munis de fascines, et s'approchant tour
à tour du fossé, ils les y jetèrent
pour s'ouvrir un passage plus facile
en le comblant.

Les assiégés eurent alors recours à
un genre de défense qu'ils n'auraient
pas osé employer si la porte du château

n'eût été entièrement de fer, ainsi que le pont-levis, et si les murs n'en eussent été d'une épaisseur formidable. Pendant qu'une partie d'entre eux, à couvert par le parapet que Little John avait fait élever au haut des murs, lançaient des traits contre les soldats qui se présentaient au bord du fossé, et dont plusieurs y tombèrent percés de flèches, les autres préparèrent aussi de leur côté des fascines enduites de poix, de suif et d'autres matières combustibles, et les précipitèrent tout enflammées sur celles dont le fossé était déjà presque rempli; le feu s'y communiqua rapidement, et en peu de minutes, on vit s'élever un mur de flammes entre les assiégés et les assiégeants.

Godeschall voulait donner le signal

de la retraite, mais l'impétueux Falco refusa d'y consentir. Tournant du côté du bois de Skelton, il ordonna une nouvelle attaque en face de la poterne, et se servant des échelles qu'il avait apportées, il descendit dans le fossé à la tête d'une partie de sa troupe ; mais exposés sans défense aux coups des assiégés, ils se trouvèrent criblés d'une telle grêle de traits et de pierres, qu'ils furent obligés de remonter précipitamment, après avoir essuyé une perte assez considérable, sans même essayer de gravir l'autre bord.

Falco reconnut alors lui-même l'impossibilité de prendre le château sans l'aide des machines que Godeschall avait fait construire, et comme elles devaient être terminées dans la jour-

née, il se consola de cet échec, dans
l'espoir de mieux réussir le jour suivant. Les deux troupes reprirent donc
le chemin du camp, sans autre avantage de leur expédition que la prise
du barbacan ; et ils y laissèrent une
garnison de trente hommes, ce qui,
en cas d'attaque, suffisait pour défendre ce poste jusqu'à ce que des
secours pussent leur être envoyés du
camp, qui n'en était qu'à environ
cinq cents pas.

L'intention du comte d'Albiney
n'était pas de les en laisser en possession, et dès qu'il vit l'ennemi retiré
il ordonna qu'on ouvrît la porte et
qu'on fît une sortie pour déloger la
petite garnison du barbacan. Mais le
vent avait chassé les flammes du côté
du château, la porte de fer était

presque rouge, et il était impossible non seulement de l'ouvrir, mais d'en approcher. Il ordonna qu'on y jetât de l'eau pour en accélérer le refroidissement ; il fallait l'aller chercher dans le puits qui était dans la grande tour, ce qui demandait un certain temps, et pendant cet intervalle, la sentinelle qui était de garde près de l'entrée extérieure du passage souterrain vint annoncer que Little John venait d'y arriver et demandait à parler à l'un des chefs.

Le comte s'y rendit avec sir Hugues Tressilian, après avoir défendu qu'on attaquât le barbacan avant son retour. Le jour venait de paraître. Le messager de Robin Hood était déjà arrivé, et Little John venait annoncer au comte que, la nuit suivante, ce chef serait avec toute sa troupe dans le bois de Skelton. Il lui conseilla donc d'attendre son arrivée avant de rien entreprendre. Le lendemain il attaquerait le barbacan ; ce mouvement ferait sortir du camp les troupes ennemies, et pendant qu'elles feraient tête à celles du comte, Robin Hood les chargerait par-derrière. Le comte d'Albiney rentra dans le château, résolu à suivre un avis qui lui paraissait dicté par la prudence, et l'attaque du barbacan fut différée.

CHAPITRE XXVIII.

« Guidé par l'amitié, secondé par les dieux,
« Je rentre avec les miens triomphant dans ces lieux. »

GUIMOND DE LA TOUCHE.

La fatigue est mère du sommeil.
La nuit qui suivit l'attaque que nous
venons de décrire, chefs et soldats,
tout dormait profondément dans le
camp de Godeschall. Tout? non ; il s'y
trouvait quelques individus qui étaient
bien loin de songer à se livrer au repos. Sir John Trevor, par exemple,
qui, depuis qu'il était prisonnier de
Godeschall, n'avait eu d'autre exer-

cice que celui qu'il pouvait prendre
sous une tente qui n'avait que sept
à huit pieds de diamètre, n'éprouvait
pas encore l'influence du dieu qui
avait répandu ses pavots dans tout le
camp. Sa situation était cependant
alors moins inquiétante qu'elle ne l'a-
vait été auparavant, car, la veille, dans
la soirée, Godeschall, d'après le conseil de Falco, lui avait proposé de
racheter sa vie par une rançon ; le
prix en avait été fixé à mille livres
sterling, et il devait envoyer le lendemain dans le château de son père un
messager chargé de lui rapporter
cette somme. Une seule inquiétude lui
restait. Godeschall exigeait que ce
paiement lui fût fait sous deux jours,
et quoiqu'il fût possible d'aller chez
son père et d'en revenir en vingt-

quatre heures, il craignait qu'il n'eût pas à sa disposition une somme si considérable en argent comptant, et le délai était bien court pour qu'il pût se la procurer en s'adressant à quelqu'un de ses amis.

Il était absorbé dans ces réflexions, et le silence qui régnait dans le camp lui permettait d'entendre le pas de la sentinelle qui se promenait à pas lents devant sa tente, quand il vit entrer un homme complètement armé, et l'ayant examiné à la lueur expirante d'une lampe qui allait s'éteindre faute d'huile, il vit qu'il ne le connaissait pas.

« Sir John Trevor, » lui dit l'inconnu à voix basse, « je vous apporte des armes et la liberté. »

« Des armes et la liberté ! » s'écria

sir John d'un ton un peu plus haut
que ne le permettait la prudence, en
saisissant un sabre et un poignard
que lui présentait son libérateur.

« Silence! Nous sommes environ-
nés de dangers. — Vous êtes ami du
comte d'Albiney; voulez-vous prendre
part à une entreprise hardie et dangereuse en sa faveur? »

« Je suis prêt à tout. — Mais comment la sentinelle vous a-t-elle laissé
entrer? »

« Elle est d'accord avec moi; elle va
nous suivre. Sa faction ne doit finir
que dans une heure, et avant que ce
temps se soit écoulé, notre glorieuse
entreprise sera achevée. — Suivez-
moi dans le plus profond silence;
car j'ai encore un autre captif à délivrer. »

« Et les sentinelles qui veillent sur lui sont-elles aussi gagnées ? »

« Non, mais elles dorment. »

« Si elles s'éveillaient? »

« Elles ne s'éveilleront pas. »

« Mais la sortie du camp doit être gardée? »

« Par quatre factionnaires qui sont à nous. »

Ils sortirent de la tente, suivis de la sentinelle; et, sans prononcer un seul mot, ils traversèrent une partie du camp en faisant un circuit assez considérable pour éviter le voisinage de la grande tente qui servait de corps-de-garde. Ils s'arrêtèrent près d'une petite tente devant laquelle sir John Trevor vit avec surprise dix hommes étendus par terre. Sept d'entre eux se relevèrent dès qu'ils les virent approcher ; mais les trois autres ne remuèrent pas, et sir John Trevor, en en approchant, vit qu'ils étaient morts et baignés dans leur sang. Leur conducteur entra dans la tente et en sortit avec un jeune homme armé comme ses autres compagnons. Ils s'avancèrent alors toujours avec précaution et sans bruit vers le passage qui conduisait hors du camp, et les quatre sentinelles chargées de le garder s'étant jointes à eux, ils s'avancèrent au nombre de quinze vers le barbacan.

« Quel est donc ce jeune homme que vous venez de délivrer ? » demanda alors sir John à son libérateur.

« C'est Judith, » lui répondit-il, « la fille de Robin Hood, et je vous garantis que ce n'est pas le moins brave et le moins habile de nos soldats. »

Nos lecteurs ont sans doute déjà reconnu Allandale dans le chef de cette entreprise hardie; il en avait formé le plan dans la soirée en apprenant que quatre de ses compagnons devaient être de garde à l'entrée du camp depuis minuit jusqu'à deux heures, et qu'un autre devait être en faction au même instant devant la tente de sir John Trevor dont il avait entendu parler plusieurs fois pendant le temps qu'il avait passé au château de Melton. Une telle occasion lui avait paru trop favorable pour ne pas en profiter. Ayant averti ses sept autres compagnons , ils se rendirent à minuit à la tente sous laquelle était Judith, sacrifièrent à leur sûreté les trois gardes qui s'y trouvaient sans leur laisser le temps de

pousser un seul cri ; et Allandale, en-
trant sous la tente, remit à Judith un
habit de soldat dont il s'était muni, et
faisant coucher par terre ses compagnons pour qu'on ne les aperçût pas,
si quelqu'un veillait dans le camp, il
alla délivrer sir John Trevor, comme
nous l'avons vu au commencement de
ce chapitre. Indépendamment du désir qu'il avait, en le tirant de captivité, de faire quelque chose d'agréa-
ble au comte d'Albiney, il n'était pas
fâché d'avoir avec lui un homme de
plus sur la bravoure duquel il pût
compter, car son projet ne se bor-
nait pas à sortir du camp de Godeschall.

La première des sentinelles en faction sur les murs du barbacan, qui
vit s'approcher cette petite troupe

d'hommes armés, cria : « Halte ! » et
« qui vive ? » Allandale ne voulant
donner aucun soupçon, fit arrêter
ses compagnons, et s'avança seul vers
la porte. « C'est moi, » répondit-il,
« c'est Allandale. Falco m'a donné
ordre de venir renforcer la garnison,
parcequ'il a appris que les assiégés
doivent l'attaquer au point du jour.
Faites-nous ouvrir la porte. »

Allandale était connu comme un
des chefs de peloton de Falco ; il arrivait par le chemin qui conduisait direc-
tement au camp ; on n'eut donc pas le
moindre doute sur la vérité de ce qu'il
disait, et une sentinelle descendit pour
ouvrir la porte. Toute la troupe entra
sans difficulté ; mais deux des compagnons d'Allandale saisissant au col-
let la sentinelle-portier, la désar-

mèrent en lui appuyant la pointe
d'un poignard sur la poitrine, et en lui
jurant qu'elle était morte si elle pous-
sait le moindre cri. Ils entrèrent ensuite dans une salle basse qui servait
de corps-de-garde, et où il ne se trouvait que sept à huit soldats, qui, ne
s'attendant pas à être attaqués, avaient
placé leurs armes en faisceau , et cau-
saient tranquillement ensemble. Autant de poignards brillèrent à leurs
yeux à l'instant', tandis que Judith
et deux ou trois autres emportaient
les armes hors de cette chambre dans
laquelle on les enferma ensuite , en
leur donnant pour compagnon la première sentinelle.

Montant alors dans une des tourelles, ils y trouvèrent quinze soldats endormis qu'il ne leur fut pas

difficile d'arrêter isolément, et qu'ils
envoyèrent tenir compagnie à leurs
camarades. Un d'entre eux parvint
pourtant à s'échapper, et courut donner l'alarme dans l'autre tourelle, où
se trouvait le commandant de ce détachement. Celui-ci ayant rassemblé
sur la plate-forme le peu de soldats
qui lui restaient, les exhorta à faire
leur devoir ; et quand Allandale et sir
John Trevor se présentèrent à la tête
de leur troupe, il les attaqua avec
bravoure, quoiqu'ils fussent en nombre double. Mais Allandale, lui ayant
fendu la tête d'un coup de sabre, les
autres, découragés par la mort de leur
chef, se rendirent à discrétion, et on
les envoya rejoindre ceux qui étaient
déjà enfermés dans le corps-de-garde.

Les sentinelles, qui étaient de garde

sur les murailles du château, ne savaient que penser du cliquetis d'armes qu'ils entendaient sur la plate-
forme d'une des tourelles du barbacan. William d'Albiney, qui était alors
de faction, s'imagina d'abord qu'il
s'était élevé une querelle entre les soldats qui en formaient la garnison, et
il réfléchissait s'il ne serait pas possible de profiter de cet incident pour
reprendre ce poste, quand, à sa
grande surprise, il entendit les vain-
queurs s'écrier : « Vive le comte d'Albiney! vive Robin Hood ! » et inviter
les soldats du comte à entrer dans le
barbacan. Craignant que ce ne fût un
piége, il s'approcha du bord du mur.
« Qui nous appelle ainsi? » s'écria-t-il.

« Allandale!—Sir John Trevor, » lui
répondit-on,, « venez promptement,

ne perdez pas un instant! nous sommes maîtres du barbacan. »

Ayant reconnu leur voix, il n'hésita plus sur ce qu'il devait faire, et ayant ordonné qu'on avertît son père et qu'on fît mettre la garnison sous les armes, il descendit avec quelques soldats, fit allumer deux torches, ouvrir la porte du château, baisser le pont-levis, et se rendit au barbacan dont la porte du côté du château était déjà ouverte. Il y trouva sir John Trevor et Allandale qui l'y attendaient. Mais quelle fut sa joie quand, sous les habits d'un soldat, il reconnut, à côté du dernier, sa chère Judith! Le plaisir et l'étonnement le rendirent un moment muet et immobile.

« Expliquez-moi donc par quel mi-

racle tous ces prodiges se sont opé-
rés, » s'écria-t-il enfin, quand il eut
recouvré la parole et le mouvement.

« Vous aurez tout le loisir de l'apprendre, » lui répondit sir John Trevor; » mais, pour Dieu , envoyez-
nous du renfort sur-le-champ. Nous
avons ici vingt-neuf prisonniers qu'il
faut transférer à l'instant dans les pri-
sons du château; et d'un moment à
l'autre Godeschall et Falco peuvent
venir nous attaquer avec toutes leurs
troupes. »

« Et emmenez au château Judith, »
ajouta Allandale; « en tout évènement
elle y sera plus en sûreté qu'ici. »

William ne se fit pas répéter deux
fois cet ordre, et prenant Judith par
une main, qu'il ne put s'empêcher de
presser tendrement, il la conduisit

au château; il trouva dans la cour son père et sir Hugues Tressilian à la tête de toute la garnison.

« Ah ! mon père ! » s'écria-t-il, dans un transport de joie, « voici Judith. Le barbacan est à nous.—Elle est sauvée.—Il est repris ! »

« Mais, expliquez-moi donc , » dit le comté....

« Courez au barbacan ; » répondit William, « ne perdez pas un instant ! » et entraînant Judith, il courut à l'appartement de sa sœur, la fit éveiller, laissa près d'elle la fille de Robin Hood, et alla rejoindre son père.

Le comte ne savait si c'était un rêve. Comment une poignée d'hommes avaient-ils pu s'emparer de ce poste important et bien fortifié, sans aucun bruit, et presque en un seul instant?

C'était ce qu'il ne pouvait concevoir. Mais ce n'était pas le moment des explications. On emmena les vingt-neuf prisonniers au château sous bonne escorte, sir Hugues Tressilian resta dans le barbacan avec un détachement de cinquante hommes, et Allandale, quoique vivement pressé par le comte d'entrer dans le château, voulut y rester aussi avec ses compagnons. Sir John Trevor accompagna le comte et son fils, afin de leur apprendre comment cette entreprise, si heureusement terminée, avait été conduite.

En arrivant au château ils y trouvèrent le comte de Rochdale et le sire de Beaupré qui sortaient du souterrain où ils venaient d'avoir une entrevue avec Little John. Ils furent aussi

surpris que charmés en apprenant ce
qui s'était passé pendant le peu de
temps qu'avait duré leur absence, mais
ils avaient aussi d'heureuses nouvelles
à annoncer. Robin Hood, à la tête de
tous ses compagnons, était arrivé
dans le bois de Skelton à onze heures
du soir, et il n'attendait que l'occasion favorable pour attaquer les assiégeants de concert avec la garnison
du château.

William d'Albiney fit observer qu'il
convenait d'informer sur-le-champ
Robin Hood de tout ce qui venait
de se passer, tant pour mettre fin aux
inquiétudes qu'il devait avoir sur le
sort de sa fille, que pour l'avertir
qu'on s'attendait à chaque instant à
être attaqué par l'ennemi. Il voulait
partir sur-le-champ pour porter cet

avis à Little John, qui saurait sans
doute trouver le moyen de le commu-
niquer à son chef; mais le sire de
Beaupré, disant qu'il avait des obligations particulières à Robin Hood,
demanda à être le porteur d'une nouvelle aussi intéressante pour un père
que celle de la sûreté d'une fille qui
courait les plus grands dangers. Le
comte d'Albiney y consentit, le sire
de Beaupré sortit par le souterrain,
alla trouver Little John à la ferme du
vieux Meadows, et rentra au château
par la même voie un peu avant le lever de l'aurore.

CHAPITRE XXIX.

«Lâche Abner, dans quel piége as-tu conduit mes pas!»

Racine.

Il était deux heures du matin quand on s'aperçut dans le camp de Godeschall, en allant relever les sentinelles, de ce qui s'y était passé pendant la nuit. On alla sur-le-champ éveiller les deux chefs, et il serait impossible de bien peindre la consternation dont ils furent saisis, la rage dont ils furent transportés, en apprenant la mort de trois de leurs sentinelles, la désertion de cinq autres, et surtout l'évasion de leurs prisonniers; ce ne fut qu'un peu plus tard qu'ils reconnurent que sept autres soldats avaient aussi pris la fuite, et qu'Allandale avait pareillement disparu. Mais leur fureur ne connut plus de bornes quand quelques soldats chargés de porter des vivres à leurs camarades qu'on croyait toujours maîtres du barbacan, revinrent annoncer que le comte d'Albiney s'en était remis en possession, et qu'ils avaient reconnu sur les murailles Allandale et quelques uns de leurs déserteurs.

L'impétueux Falco voulait sur-le-champ attaquer de nouveau ce poste, le prendre d'assaut, et passer au fil de l'épée tout ce qui s'y trouverait; mais Godeschall lui représenta que les assiégés devant s'attendre à cette

attaque y auraient probablement mis
une garnison en état de le défendre
quelque temps, et que leurs machines
de guerre étant prêtes, il valait mieux
en faire usage sur quelque autre point,
parcequ'une fois le château emporté,
le barbacan ne pourrait tenir. Falco
se rendit à cet avis, et en conséquence
les deux troupes allèrent camper sur-
le-champ dans la petite plaine qui
séparait le château du bois de Skelton, et commencèrent leurs préparatifs d'attaque. Les assiégés furent charmés que les ennemis eussent choisi
ce point pour les attaquer, cette po-
sition favorisant les projets de Robin
Hood, projets qui ne devaient pourtant pas s'exécuter de la manière dont
il les avait conçus.

Les traits décochés par la gar-

nison du château coûtèrent d'abord
quelques soldats aux assiégeants; mais
Godeschall avait fait préparer une
palissade, ou, pour mieux dire, une
haute muraille en charpente, et, dès
qu'elle fut dressée, ses soldats, à l'abri,
purent continuer leurs travaux sans
crainte et sans danger. Les assiégés
ignoraient ce qui se faisait derrière ce
retranchement, et ils n'en furent instruits qu'environ deux heures après;
quand ils virent une tour énorme s'élever au-dessus de la palissade, tandis
qu'il leur était presque impossible
d'inquiéter les travailleurs, car toutes
les pièces qui devaient la composer
ayant été préparées d'avance et numé-
rotées avec le plus grand ordre, il ne
s'agissait plus que de les assembler, et
l'on avait eu soin d'arranger les choses

de manière que la partie qui faisait
face au château fût toujours assez
élevée pour couvrir les ouvriers.

Ces apprêts, qui annonçaient une
attaque sérieuse et très prochaine, et
la vue des pierriers, des balistes et des
catapultes qu'on avait préparés, inspiraient une vive inquiétude aux
assiégés, et ils délibéraient s'ils feraient
une sortie, des torches à la main,
quand une lettre attachée à une flèche
qui venait de tomber dans la cour, et
qui avait été décochée par la main
sûre et le bras vigoureux de Robin
Hood, fut apportée au comte d'Albiney. Il l'invitait à se laisser attaquer
par les ennemis, et à ne songer à
faire une sortie que lorsqu'il le verrait
lui-même fondre sur eux à la tête de
sa troupe. Il avait préparé des com-

bustibles pour incendier toutes leurs machines, et il espérait mettre le désordre dans leurs rangs, en les attaquant en même temps des deux côtés.

Le comte, résolu de suivre cet avis, se borna donc à se tenir sur la défensive, et, vers onze heures du matin, la tour s'élevait presque déjà à la hauteur des murailles. Mais il survint alors un incident qui changea la face des affaires.

Le comte de Pembroke, régent du royaume, voyant que la plus parfaite tranquillité régnait à Londres, que tous les barons rentraient successivement dans le devoir, que les uns avaient licencié leurs troupes, et que les autres les avaient même rangées sous l'étendard royal, résolut de parcourir les provinces que le roi Jean avait dévastées, afin de chercher à réparer en partie les maux qu'elles avaient soufferts, et de les attacher à leur jeune souverain en leur prouvant que les principes de son gouvernement ne seraient pas les mêmes que ceux de celui de son père. Ayant donc établi dans la capitale un conseil d'administration composé de barons en qui il pouvait avoir toute confiance, il partit à la tête d'un corps de deux mille hommes de cavalerie légère, et prit la route du comté de Lincoln, qui était celui qui avait été le plus maltraité. En passant sur les confins du comté de Leicester, il apprit que deux chefs brabançons, Godeschall et Falco, bien loin d'avoir obéi à son ordre de licenciement, assiégeaient encore le château de Melton, qui n'était qu'à cinq ou six milles de celui de Lincoln. Surpris de cet acte de désobéissance et presque de révolte, il leur dépêcha sur-le-champ un messager pour leur demander compte de leur conduite, et fit halte jusqu'à son retour.

Il était onze heures du matin quand ce messager arriva dans le camp des deux confédérés, et il put voir les dispositions qu'on faisait pour l'attaque du château. Les dépêches dont il était porteur déconcertèrent les deux chefs; Godeschall pâlit, et le visage de Falco se couvrit d'un rouge ponceau. « On nous a calomniés auprès du régent, » dit-il à l'officier porteur de ses ordres, mais je vais vous suivre au camp du comte de

Pembroke, et il entendra notre justification. » Il dit alors quelques mots à l'oreille de Godeschall, qui assura l'envoyé que le régent pouvait compter sur leur soumission, et, montant aussitôt à cheval, il partit avec l'officier, pour se rendre près du comte de Pembroke.

Le régent lui ayant demandé pourquoi Godeschall et lui n'avaient pas obéi à son ordre de licenciement, et ne s'étaient pas rendus avec leur troupe au port de mer qui avait été désigné pour leur embarquement, il répondit qu'ils n'avaient jamais reçu cet ordre, sans quoi ils se seraient empressés d'y obéir, et que le comte pouvait compter sur leur entière soumission.

« Je l'ai envoyé à Godeschall par

sir John Trevor, » dit le régent.

« Sir John Trevor n'a donc pas rempli sa mission?»

« Et vous-même, n'étiez-vous pas au camp du roi Jean quand le comte d'Arundel a reçu mes ordres ? »

« J'en étais parti la veille de la mort de ce prince, et par son ordre, pour aller joindre Godeschall et l'aider à prendre le château de Melton. — Au surplus, je ne suis venu ici que pour connaître la volonté de votre seigneurie, et l'assurer que Godeschall et moi nous sommes prêts à l'exécuter. »

. « En ce cas, vous allez vous mettre en marche pour l'embouchure du Well-Stream ; vous y trouverez deux bâtiments de transport qui vous conduiront dans tel port des Pays-

Bas que vous voudrez indiquer. »

« Nous ferons tout ce qu'il plaira à votre seigneurie d'ordonner; notre soumission est sans bornes; il ne me reste donc qu'à prendre congé de vous, en vous assurant que la journée de demain nous verra à l'embouchure du Well-Stream. — Mais avant de vous quitter, permettez-moi de vous faire observer que le comte d'Albiney, mon zèle m'oblige à vous le dire, a conçu une haine décidée pour tout ce qui tient à la famille royale; jamais il ne reconnaîtra pour souverain que le prince Louis de France. »

« Vous connaissez mal d'Albiney; de tous les barons coalisés contre le feu roi, mon beau-père, c'est peut-être celui en la loyauté duquel j'ai le plus de confiance; d'ailleurs nous

sommes amis, et il suffirait de me
nommer pour que la porte de son
château s'ouvrît pour me recevoir. »

« Que votre seigneurie n'en fait-elle
l'épreuve ? »

« Oui, de par Dieu, je la ferai, et
à l'instant même. »

Il appela Simon de Montfort, qui
commandait sous ses ordres le détachement de cavalerie qui le suivait, et
lui ordonna de faire sonner le boute-
selle.

« Si votre seigneurie se présente
devant le château de Melton avec une
force formidable, » dit Falco, « je ne
doute pas que le comte d'Albiney,
voyant que toute résistance serait inutile, ne se soumette aux circonstances, sans pour cela changer d'opinion. »

« Je m'y présenterai seul, » s'écria

le comte de Pembroke, dont l'âme
noble et généreuse s'ouvrait difficile-
ment au soupçon, « et vous verrez
vous-même comme j'y serai reçu. »

« Je le désire bien vivement, » répondit Falco ; « mais votre seigneurie
me permettra d'en douter. »

Sans discuter davantage, le régent
donna ordre à Simon de Montfort
de le suivre avec sa cavalerie à une
demi-heure de distance, et montant à
cheval, il partit d'avance avec 'Falco
pour le château de Melton, se faisant accompagner seulement d'une
douzaine de cavaliers.

Il était environ quatre heures du
soir quand ils arrivèrent ; et Falco
avait eu soin de diriger la marche de
manière à y arriver du côté du bois
de Skelton, c'est-à-dire en face de la

poterne où l'on continuait toujours les préparatifs d'attaque. Le comte de Pembroke entra sans méfiance dans le camp des deux chefs brabançons ; Godeschall vint le saluer, et lui prodigua, comme l'avait fait Falco, les démonstrations de respect et les assurances de soumission. Il mit pied à terre, ainsi que son escorte; on plaça les chevaux au piquet, les armes en faisceau, tout semblait annoncer la paix et la bonne intelligence ; mais à un signe que fit Falco, les douze hommes qui composaient la suite du régent furent arrêtés et garrottés, et les deux chefs lui annoncèrent qu'il était leur prisonnier.

« Que veut dire ceci, Messieurs? » s'écria le comte de Pembroke; « c'est une infâme trahison. »

« Une petite ruse de guerre, » dit
Falco avec un sourire diabolique.
« Le feu roi nous avait promis le pillage du château de Melton pour récompense de nos services ; vous nous
en privez, vous nous chassez du
royaume ; il nous faut une indemnité. »

« Cette indemnité sera la potence, »
dit le régent irrité.

« C'est ce qu'il faudra voir, » répliqua Falco ; « en attendant, vous
allez nous suivre à l'embouchure du
Well-Stream. Puisqu'il s'y trouve deux
bâtiments de transport, vous vous y
embarquerez avec nous, et quand
vous voudrez être libre, vous nous
paierez une rançon de vingt mille
marcs d'argent. »

« Simon de Montfort va vous la
payer, » répondit le régent.

Effectivement un nuage de poussière qu'on apercevait dans le lointain annonçait déjà l'arrivée du corps de cavalerie.

« Aux armes ! » s'écrièrent en même temps Falco et Godeschall ; et cet ordre, auquel on s'attendait, fut exécuté à l'instant même.

Falco fit désarmer le comte de Pembroke, lui fit lier les mains derrière le dos, et en cet état le fit placer sur un cheval ; montant lui-même sur un autre, et tenant de la main gauche la bride de celui du régent, « Maintenant, » lui dit-il, « vingt mille marcs d'argent ou la mort, c'est à vous de choisir ; si l'on décoche contre nous une seule flèche, voici l'instrument qui vous la donnera, » et il fit briller à ses yeux la lame d'un poignard bien acéré.

Le comte employa la ruse à son tour.
« Comment puis-je empêcher Simon
de Montfort de vous attaquer, quand
il verra que vous me retenez prisonnier? »

« Envoyez-lui des ordres par un
de vos gens. »

« Il refusera de le croire. »

« Écrivez-lui. »

« Je ne connais de plume que mon
sabre. Il faut que je lui parle. »

« Qu'à cela ne tienne, » répondit
l'audacieux Falco; et se faisant suivre
de quelques cavaliers, il courut à
toute bride vers le détachement qui
s'avançait, traînant avec lui le comte
de Pembroke.

« Simon de Montfort, » cria-t-il,
dès qu'il fut à portée de se faire entendre, « faites arrêter votre troupe,

et venez recevoir les ordres du régent. »

Simon de Montfort fit faire halte,
et s'avança.

« Arrêtez! » s'écria le comte, « et
écoutez-moi. Attaquez ces brigands
qui m'ont fait prisonnier, et ne songez pas à ce que je deviendrai, l'Angleterre trouvera facilement un autre
régent. »

Falco écumait de rage en entendant ces paroles, mais il attachait trop
de prix à la vie du comte de Pembroke pour la sacrifier à un mouvement de colère. Il tourna bride sur-
le-champ, regagna le camp au grand
galop, et des deux côtés on ne songea plus qu'à se préparer au combat.

CHAPITRE XXX.

———

« Je vis nos ennemis, vaincus et dispersés,
» Sous nos coups expirants devant nous renversés. »

VOLTAIRE.

Le sire de Beaupré était sur les murailles du château de Melton quand la cavalerie de Simon de Montfort commença à paraître dans la plaine, et il en fit donner avis sur-le-champ au comte d'Albiney, qui se hâta de s'y rendre avec tous ses amis.

« Sont-ce des libérateurs que le ciel nous envoie? » demanda-t-il à sir John Trevor, « ou sont-ce de nouveaux ennemis que nous avons à craindre? »

« Quelques instants vont éclaircir ce doute, » répondit sir John; « si ce sont des amis, rien ne les empêche d'avancer vers la grande porte du château. »

« Voilà un pourparler qui a lieu entre eux et quelques envoyés du camp de nos ennemis, » dit le comte de Rochdale; « c'est bien dommage qu'il ait lieu à une si grande distance, qu'il est impossible de reconnaître personne, de juger quel est le but de cette conférence. »

« Elle paraît fort pacifique, » dit sir Hugues Tressilian, « sans quoi, qui empêcherait ces cavaliers de cribler de flèches ce petit nombre de coquins? »

Il est bon de remarquer ici que Simon de Montfort avait défendu qu'on en tirât une seule, de crainte qu'on ne blessât le comte de Pembroke.

« Je suis sûr, » dit Allandale, qui avait une vue excellente, et qui avait quitté le barbacan depuis qu'on était menacé d'une attaque du côté de la poterne, « je suis sûr qu'un de ces cavaliers qui se retirent est Falco lui-même, mais je ne connais pas les autres. »

« Et je suis presque certain, » ajouta sir John Trevor, « que le chevalier qui marche à la tête de cette belle troupe de cavalerie est Simon de Montfort. Je l'ai vu à Londres lors du voyage que je viens d'y faire. »

« Simon de Montfort ne peut être

l'allié de Godeschall , » s'écria le comte d'Albiney.

« Et cependant, » dit sir Hugues Tressilian, « ce corps a déjà passé le chemin qui conduit au château, et le voilà qui tourne vers le bois de Skelton, sans doute pour faire sa jonction avec nos ennemis. »

« Ou peut-être pour les combattre, » dit le comte de Rochdale. « Voyez-vous cette colonne qui se déploie sur la droite? ce mouvement annonce des intentions hostiles. »

Cette conversation fut interrompue par les sentinelles qui étaient de garde du côté de la poterne, et qui se mirent à crier : « Aux armes! aux armes! »

Tous coururent aussitôt de ce côté. Tout le camp de Godeschall prenait

les armes, et se formait en bataille,
et les factionnaires avaient donné
l'alarme, croyant qu'on allait livrer
un assaut au château. Mais les yeux
exercés à juger les opérations militaires reconnurent sur-le-champ que
les dispositions des deux chefs brabançons se dirigeaient non contre le
château, mais contre la division de cavalerie qui s'avançait, et dont l'avant-
garde débouchait en ce moment
dans la petite plaine située entre le
château et le bois. Le nombre paraissait à peu près égal de part et
d'autre, mais l'infanterie de Godeschall avait l'avantage de pouvoir
faire sa retraite dans le bois de Skelton,
qui était trop fourré pour que la cavalerie pût l'y poursuivre.

Les deux troupes étaient en présence, et n'attendaient plus que le signal du combat, quand William d'Albiney s'écria comme par une inspiration soudaine : « Mon père, les ennemis de Godeschall sont nécessairement nos amis; il faut faire une diversion en leur faveur, ordonnez une sortie, et attaquez les Brabançons en flanc. »

« L'idée est excellente, » dit le comte de Rochdale; « il faut sortir à l'instant par la poterne avec toute la garnison. »

« Il faut pourtant laisser une garde dans le château, » dit sir Hugues Tressilian.

« Laissez-moi sur cette muraille avec mes compagnons, » dit Allandale; « nos flèches sauront choisir les ennemis, et nous leur ferons plus de mal que si nous les combattions corps à corps. »

Ce point convenu, les chevaliers descendirent, rassemblèrent toute la garnison, et sortirent par la poterne; mais avant qu'ils fussent arrivés, le combat avait déjà commencé. On s'était borné de part et d'autre à quelques décharges de flèches, et l'on en était venu de suite à l'arme blanche. On se battait de chaque côté avec un acharnement sans égal, et l'on aurait dit que chacun des combattants avait à vider une querelle personnelle. Les soldats de Simon de Montfort étaient animés par le désir de venger leur chef trahi et outragé, et les aventuriers brabançons étaient enflammés de rage en se voyant enlever une proie sur laquelle ils avaient compté,

le pillage du château de Melton Aucun des deux partis n'avait encore un
avantage marqué sur l'autre, quand
l'arrivée de la garnison du château
changea la face des affaires, en forçant
les deux chefs à partager leur attention
entre les ennemis qui les chargeaient
de front, et ceux qui les attaquaient
de flanc.

Ils soutinrent pourtant ce nouveau
choc avec intrépidité, mais ce qui dé-
cida la fortune de cette journée fut une
nouvelle attaque que fit presque au
même instant sur leur arrière-garde
une troupe d'environ cent cinquante
hommes sortis du bois de Skelton,
et qui portait la terreur et la mort
dans tous les rangs. On remarquait
surtout parmi eux un homme taillé
en athlète, qui n'était armé que d'un

gros bâton, et qui se servait avec tant
de dextérité de cette arme redoutable
qu'il parait tous les coups qu'on lui
portait, et assommait plus d'ennemis que les sabres de ses compagnons n'en moissonnaient. Godeschall
parvint à le joindre, et levant le
sabre sur sa tête, « L'homme au bâton, » lui dit-il, « ton heure est arrivée. »

« Ou la tienne, » répondit le frère
Tuck. D'un revers de poignet, il lui
cassa le bras qui tenait le sabre, et
lui déchargea ensuite sur la tête un
second coup si bien appliqué, qu'il
le renversa de cheval. « Dépêche-toi
de dire un bon *peccavi*, » lui cria-t-il
en levant le bâton pour l'achever. Mais
c'était une précaution inutile, le
coup avait porté sur la tempe et Godeschall n'existait plus.

Le frère Tuck avait beaucoup lu et avait profité de ses lectures. Il savait que, dans les temps les plus reculés, les héros ne manquaient jamais de s'emparer des armes de l'ennemi qu'ils avaient renversé, et que, d'après les lois de la chevalerie moderne, les dépouilles du vaincu appartenaient au vainqueur. Voyant que l'antagoniste dont il venait de triompher n'était pas un soldat ordinaire, il résolut d'agir d'après les glorieux modèles que sa mémoire lui rappelait. Ce ne fut pourtant ni du casque, ni du sabre, ni du baudrier du défunt qu'il songea à s'emparer. Faisant le moulinet du bras droit avec son redoutable bâton, il fouilla de la main gauche dans les poches de son ennemi terrassé, et y trouvant

une bourse assez pesante, il la fit
·passer dans la sienne en prononçant
avec une onction admirable : « *Deo
gratias !* »

La mort de Godeschall répandit
le découragement parmi ses soldats ;
mais ce qui ajoutait encore à leur
consternation, c'était que , quoiqu'on
ne se battît qu'à l'arme blanche, ils
voyaient plusieurs de leurs compagnons tomber percés de flèches qui
semblaient lancées par des ennemis
invisibles. Nos lecteurs savent d'où
partaient ces flèches, qui ne se
trompaient jamais sur le choix de
leurs victimes ; mais les soldats de
Godeschall, imbus des préjugés et
des idées superstitieuses de leur
siècle, crurent que des êtres surna-
turels se déclaraient contre eux, et

n'étant plus rassurés par la présence de leur chef, ils se débandèrent. On ne songea pas à les poursuivre, car la troupe de Falco se défendait encore avec intrépidité, mais les flèches des compagnons de Robin Hood en abattirent encore un bon nombre dans leur retraite précipitée.

Le corps de Falco n'avait encore eu affaire qu'à la cavalerie de Simon de Montfort ; mais après la défaite de celui de Godeschall, il fut attaqué en même temps par la garnison du château et par la troupe de Robin Hood. Il combattit pourtant avec un courage qui tenait du désespoir et qui était digne d'une meilleure cause, disputant le terrain pied à pied, vaincu partout, nulle part subjugué.

Au plus fort de la mêlée, Falco ani-
mait ses soldats par ses discours et
par son exemple ; c'était un sanglier
qui, entouré par les chasseurs, brave
les javelots qui le menacent de toutes parts, et songe moins à sa conser-
vation qu'à faire payer sa mort bien
cher à quelqu'un des ennemis qui
l'environnent. Partout il traînait le
comte de Pembroke, et c'était pour
lui le meilleur des boucliers, car la
crainte qu'on avait de blesser le régent faisait qu'on osait à peine se
défendre contre son féroce ennemi.
Sir John Trevor avait même été vic-
time de cette crainte, car Falco
l'ayant attaqué, et n'osant se tenir
que sur la défensive, il fut blessé
dangereusement, mis hors de combat, et l'on fut obligé de l'emporter

au château, sous les murs duquel ce combat avait lieu.

Cependant Falco voyant les rangs de ses soldats s'éclaircir à chaque instant, reconnut enfin qu'il ne pouvait prétendre à la victoire, mais il se flatta encore de pouvoir échapper à ses ennemis s'il parvenait à gagner le bois de Skelton et à rester maître de la personne du régent, ce qui lui faciliterait les moyens d'obtenir des conditions de paix. Ralliant donc les soldats qui lui restaient, il chercha à percer les rangs ennemis, mais il avait en tête, du côté vers lequel il voulait se diriger, la phalange invincible de Robin Hood, et il y trouva une résistance sur laquelle il n'avait pas compté. Il vit tomber autour de lui le plus grand nombre de ses défenseurs, et perdant tout espoir de salut, il se livra aux transports d'une rage aveugle.

« Je suis perdu, » s'écria-t-il en se tournant vers le comte de Pembroke, « mais tu ne survivras pas à ma défaite; » et levant le sabre sur lui, il allait le sacrifier à sa fureur, quand Robin Hood lui abattit le bras d'un coup de sabre. Falco saisit son poignard de la main gauche, et sans chercher à se défendre contre l'ennemi qui venait de le mutiler, il en dirigeait la pointe vers le cœur du régent, quand Robin Hood, avec la promptitude de l'éclair, lui porta un second coup qui mit fin aux crimes et à la vie du farouche Brabançon.

« Brave homme, » s'écria le comte de Pembroke, « je vous dois la vie. »

« Et je me félicite, comte de Pem-broke, » répondit Robin Hood en dé-liant la corde qui lui attachait les mains, « de l'avoir sauvée au plus brave et au plus respectable des che-valiers anglais. »

« Vous me connaissez donc ? » de-manda le régent.

« Depuis long-temps, » répliqua le proscrit : « mais ne songeons qu'à achever la défaite de l'ennemi ; » et en même temps il lui présenta son sabre.

« Je l'accepte, » dit le comte, « comme un gage que nous nous re-verrons. »

Ils se rejetèrent dans la mêlée, mais le bruit de la mort de Falco s'é-tait déjà répandu, et ils ne trouvè-rent plus d'ennemis à combattre. Le peu de Brabançons qui restaient mirent bas les armes, et ayant demandé quartier, furent faits prisonniers. L'action avait été très meurtrière, près de quinze cents hommes étaient étendus sur le champ de bataille, et les deux tiers n'avaient plus besoin d'aucun secours. On ramassa les blessés, et le nombre en étant trop grand pour qu'on pût les transporter tous au château, on plaça les Brabançons sous des tentes, où on leur prodigua les secours que l'humanité réclamait.

La cavalerie du régent alla occuper le camp que les deux chefs brabançons avaient abandonné le matin, et Pembroke, à la prière du comte d'Albiney, entra, avec quelques uns de ses officiers, dans le château, où il établit son quartier-général. Le comte d'Albiney resta encore quelque temps sur le champ de bataille pour veiller au transport des blessés, et Little John, qui avait été légèrement blessé, lui présenta Robin Hood. Le comte fit un mouvement de surprise en l'apercevant; il lui semblait que les traits de ce fameux proscrit ne lui étaient pas inconnus, et cependant il lui paraissait impossible qu'il l'eût jamais vu. Réprimant ce premier mouvement, il lui fit l'accueil le plus gracieux, l'assura de toute sa reconnaissance, et l'engageant à le suivre avec Little John et le frère Tuck, qui n'avait pas reçu une seule égratignure, ils entrèrent tous quatre dans le château de Melton.

CHAPITRE XXXI.

« Mon nom est trop beau pour le désavouer,
» Oui, je suis Marius. »

DE CAUX.

Rowena et Judith avaient passé
dans l'inquiétude et les alarmes tout
le temps qu'avait duré le combat.
Elles étaient dans la grande salle du
château , et plusieurs domestiques
n'étaient occupés qu'à monter sur les
murailles et à en descendre pour leur
apporter des nouvelles de la situation
des combattants. Elles n'apprirent le
gain de la bataille que lorsqu'on ap-

porta dans le château sir John Trevor dangereusement blessé. Rowena
quitta un moment sa compagne pour
veiller à ce qu'on donnât au chevalier
tous les soins qu'exigeait l'état dans
lequel il se trouvait. Laissant ensuite
près de lui mistress Madox, elle re-
tourna près de Judith, et dans le
même instant le comte de Pembroke
entra avec Simon de Montfort et
quelques autres officiers.

Le comte connaissait Rowena ; il
l'avait vue plusieurs fois à Londres
chez une de ses tantes, où elle avait
passé quelques mois l'année précédente.

« Je quitte à l'instant votre père et
votre frère, miss d'Albiney, » lui
dit-il ; « et je suis ravi de pouvoir vous
annoncer qu'ils n'ont reçu aucune

blessure; vous ne tarderez pas à jouir du plaisir...»

Il fut interrompu par un grand cri que poussa Judith.

« Qu'avez-vous, ma belle enfant?» lui demanda-t-il.

«Hélas!» répondit Judith, pouvant à peine respirer, « je reconnais à votre côté le sabre de mon père, et il est mort, puisqu'on l'a désarmé. »

« De votre père! — Ne craignez rien ; il vit, vous le reverrez. C'est lui-même qui m'a donné ce sabre après m'avoir sauvé deux fois la vie. — Mais daignez m'apprendre le nom du brave guerrier à qui je dois tant. »

« Robin Hood. »

« Robin Hood! » répéta le comte ; « quoi! ce fameux chef de.... » il allait dire de brigands, mais il se rappela qu'il parlait à sa fille ; « je veux dire, » ajouta-t-il, « ce proscrit si connu dans toute l'Angleterre ! De par saint George, il ne l'est plus, il aura des lettres d'amnistie, et il n'est rien qu'il ne puisse attendre de moi. »

Judith, rassurée, essuya ses beaux yeux baignés de larmes. Rowena fit servir des rafraîchissements à ses hôtes, et pendant qu'ils faisaient honneur à son hospitalité, le comte d'Albiney entra avec ses amis.

Le comte de Pembroke se leva brusquement de table en les voyant entrer, et courant à Robin Hood, il lui prit la main, et s'adressant à ses officiers : « Messieurs, » leur dit-il, « je vous présente mon sauveur, celui à qui je dois deux fois la vie, un

des hommes les plus braves d'Angleterre. »

Pendant que chacun s'empressait
à faire un bon accueil à Robin Hood,
on fut étrangement surpris de voir
Judith se jeter au cou d'un des compagnons du proscrit.

« Que cela ne vous surprenne pas, »
s'écria William d'Albiney, « c'est Marianne, l'épouse de Robin Hood, la
mère de miss Judith. »

« Et je vous réponds, » dit Little
John, « qu'aucun de nous n'a mieux
fait son devoir pendant l'action. »

Rowena s'avança vers Marianne,
lui fit l'accueil le plus gracieux, et se
retirant avec elle et Judith dans un
coin de l'appartement, elles commencèrent une conversation fort intéressante pour elles sans doute, mais dont

nous ferons grâce à nos lecteurs pour
nous occuper de celle qui eut lieu
entre les autres personnages.

« Plus je vous regarde, » dit le
comte d'Albiney à Robin Hood, « plus
il me semble que nous nous sommes
déjà vus, mais je cherche en vain à
me rappeler.... »

« Ne mettez pas votre mémoire à
la torture, comte, » répondit Robin Hood ; « quel honneur pourrait
vous faire la connaissance d'un proscrit? »

« D'un proscrit ! » s'écria vivement
le comte de Pembroke ; « ne vous
donnez pas ce nom, car, de par Dieu,
vous ne l'êtes plus ; je l'ai déjà dit à
votre fille, vous serez amnistié, et
j'espère que vous me suivrez à Londres avec votre famille ; il ne manque

pas d'emplois pour des hommes comme vous. »

« Je remercie votre seigneurie, » répliqua Robin Hood, « mais je ne puis accepter d'amnistie si elle ne s'étend sur tous mes compagnons. »

« Tous y participeront, » dit le régent; « nous en formerons le noyau d'un corps de troupes régulières, et vous en conserverez le commandement. »

« Nous y consentirons tous, » s'écria Little John.

« Avec grande joie, » dit Allandale.

« Et je serai l'aumônier de la troupe, » dit le frère Tuck.

« Vous, l'homme au bâton ! » dit le comte de Pembroke; « quel droit auriez-vous d'en remplir les fonctions ? »

« Je porte, suivant les occasions, le froc ou le justaucorps vert. J'ai été moine dans le prieuré de Green-Lisson. »

« Et par conséquent vous avez contrevenu à vos vœux. »

« Point du tout. J'ai fait vœu de pauvreté, je ne possède rien au monde, car tout est commun entre nous; — d'obéissance, demandez à mon chef si j'en ai jamais manqué; — de chasteté. .... il est bien vrai que le malin esprit quelquefois. .... »

« Suffit, suffit! Mais d'après la manière dont je vous ai vu agir dans l'action, je crois que le casque vous ira mieux que le capuchon. — J'obtiendrai votre sécularisation, et vous ferai relever de vos vœux. »

« Comme il plaira à votre seigneu-

rie; je suis à toutes mains, cheval de
trait ou de bataille, et pourvu que je
ne me sépare pas de mon chef, et que
le vin ne manque pas.... »

Il fut interrompu par l'arrivée de la
femme de charge qui venait annoncer
qu'on avait mis le premier appareil
sur les blessures de sir John Trevor;
qu'elles étaient profondes, mais qu'aucune d'elles n'était mortelle, et que
sa vie n'était pas en danger; cette
nouvelle causa une satisfaction géné-
rale.

« Mistress Madox, » dit Rowena,
« voici la mère de votre favorite, de
Judith, l'épouse de Robin Hood: elle
consent à reprendre les habits de notre sexe, et vous allez présider à sa
toilette. »

La femme de charge ne fit que je-

ter un coup d'œil sur Marianne. « Se-
rait-il possible ! » s'écria-t-elle en se
frottant les yeux : « Mais oui :... mais
non.... cependant.... parlez donc,
que j'entende le son de votre voix. »

« Oui , ma bonne Jenny, » dit Marianne en se jetant dans ses bras;
« vos yeux ne vous trompent pas;
c'est votre Mathilde qui a le bonheur
de vous presser contre son cœur. »

« Mathilde! » s'écria le comte d'Albiney, « Mathilde Adelstan ! Véritable-
ment vos traits... Me pardonnerez-
vous, ma cousine, de ne pas vous
avoir reconnue? Le temps, votre costume; le titre d'épouse de Robin
Hood, voilà ce qui doit me servir
d'excuse. »

« Et où en trouverai-je une, comte, »
répondit Mathilde, « qui puisse vous

porter à me pardonner d'avoir si mal répondu à vos bontés, à celles de votre respectable épouse ; de vous avoir abandonnés comme je l'ai fait? L'amour que j'avais conçu pour le comte d'Huntington pouvait seul me déterminer à une telle démarche. »

«Pour le comte d'Huntington! » s'écria le comte d'Albiney en reportant les yeux sur Robin Hood. »

« Je vois, » dit le proscrit amnistié, « qu'il n'est plus possible de rien dissimuler. Vos yeux ne vous ont pas trompé, comte ; je rougissais de l'avouer, mais il est vrai que nous nous sommes connus autrefois. Le proscrit Robin Hood fut jadis le comte d'Huntington. »

« Et il l'est encore aujourd'hui ! » s'écria le régent. « Mais par quel enchaînement de circonstances le comte d'Huntington a - t - il embrassé une profession si.... si.... si peu digne de son rang et de son nom ? »

« L'histoire serait trop longue à raconter en ce moment, » répondit le comte d'Huntington, mais il me suffira de vous dire que quelques étourderies de jeunesse, la friponnerie d'un intendant nommé Warman, aujourd'hui shérif de Nottingham, et surtout la rapacité insatiable de l'abbé de Sainte-Marie, m'ayant complètement ruiné, je ne vis d'autre parti à prendre que de passer à l'étranger; j'eus assez d'égoïsme pour chercher à déterminer Mathilde à s'associer à ma mauvaise fortune, et j'y réussis.

« Et jamais je ne m'en suis repentie, » dit Mathilde.

« Munis d'une petite somme, seul
reste d'une fortune considérable, nous
traversions la forêt de Sherwood,
quand une troupe de brigands nous
arrêta. Le désespoir me donna des
forces, j'osai leur résister, mais le
nombre m'accabla, et ils me dépouil-
lèrent de tout ce que je possédais.
Cependant le courage que j'avais
montré avait fait impression sur eux,
et ils me proposèrent de devenir leur
chef; il ne me restait aucunes ressour-
ces, et j'acceptai leur offre. Peu à peu
j'adoucis leurs mœurs; j'établis des
règlements, et je les fis exécuter; nous
fîmes la guerre aux bêtes des forêts
plutôt qu'à nos semblables, et si nous
nous permîmes quelques actes de
violence auxquels nous forçait la nécessité de pourvoir à nos besoins, du

moins jamais la cruauté ne les en-
sanglanta. Avec le temps ma troupe
augmenta et devint redoutable, et
toute l'Angleterre connaît aujour-
d'hui Robin Hood et ses compagnons. »

« Et vous ne parlez pas des services
que vous avez rendus, » dit le sire de
Beaupré. « Je n'ai pourtant pas oublié,
comte, que je suis votre débiteur. »

« Débiteur! et par quel hasard? »
demanda le comte d'Albiney.

Le sire de Beaupré garda le silence.

« C'est moi qui vous l'explique-
rai, » dit le comte d'Huntington. « Le
chevalier avait emprunté de l'abbé de
Sainte-Marie une somme destinée à
lever des hommes d'armes qu'il voulait amener à votre secours; il allait
se trouver, comme moi, dépouillé de

ses biens par la cupidité de cet homme
avide, quand le hasard me l'ayant fait
rencontrer, je lui avançai de quoi le
rembourser ; c'est une bagatelle qui ne
mérite pas qu'on en parle. D'ailleurs
j'ai trouvé le moyen de m'en faire
payer le même jour par l'abbé de
Sainte-Marie. »

« N'importe, » dit le comte d'Albiney, « la dette n'en existe pas moins,
et c'est moi seul que ce paiement doit
regarder. Mais j'apprends, par ce que
vous venez de me dire, que j'ai aussi
contracté une dette envers le sire de
Beaupré qui a risqué de perdre le
domaine de ses pères pour me servir,
et voici, » ajouta-t-il en prenant la
main de sa fille et en la joignant à
celle du jeune chevalier, « voici le
seul moyen de m'acquitter envers lui

Le sire de Beaupré commençait à lui exprimer sa reconnaissance, mais le comte d'Albiney lui imposa silence. « Quant à vous, comte d'Hunting-ton, » continua-t-il, « les services que vous m'avez rendus sont d'un tel prix qu'il est hors de mon pouvoir de les payer dignement ; aussi, bien loin de songer à m'acquitter envers vous, j'ai à vous prier d'ajouter encore aux obligations que je vous ai déjà. »

« Parlez, comte ; il n'est rien que vous n'ayez le droit de demander à Robin Hood ou au comte d'Hunting-ton. »

« Permettez que votre fille devienne la mienne, et qu'une heureuse alliance resserre les nœuds de l'amitié qui nous unissaient autrefois. »

« Ah ! mon père ! » s'écria en se

levant précipitamment William d'Albiney, qui était allé s'asseoir entre
Judith et Mathilde, « Ah! Robin....
Ah! Monsieur le comte, daignez
consentir.... »

« Un instant, jeune homme, » dit
le comte d'Huntington. Et s'adressant
au père : « Je ne vous le dissimulerai
pas, » lui dit-il, « cette union com-
blerait tous mes vœux ; ce n'est pas
d'aujourd'hui que je me suis aperçu
que votre fils aime Judith, et qu'il ne
lui est pas indifférent ; mais je ne
possède rien au monde, je n'ai pas de
dot à donner à ma fille. »

« Qui vous parle de dot ? elle est
assez riche de ses attraits et de ses
vertus. Je ne lui en trouvais que trop
quand je ne la croyais que la fille d'un
proscrit obscur. »

« Et qui vous dit que vous ne pos-
sédez rien ? » dit le régent. « Je pré-
tends que la conduite de ce Warman
et de l'abbé de Sainte - Marie soit
examinée de très près, et s'il y a eu
quelque fraude, quelque injustice,
dans la manière dont vous avez été
dépossédé de vos domaines, de par
saint George, ils vous seront res-
titués. »

Le majordome, appuyé sur sa canne
à pomme d'argent, vint en ce moment annoncer en grande cérémonie
que le souper était servi. On passa
dans la salle à manger, et la journée
se termina dans le château de Melton
beaucoup plus gaiement qu'elle n'y
avait commencé.

Le lendemain matin, le comte de
Pembroke partit pour le comté de

Lincoln, après avoir renouvelé ses promesses au comte d'Huntington, et lui avoir promis qu'il recevrait de ses nouvelles dès qu'il serait de retour à Londres.

Le comte d'Albiney ne voulut pas différer le bonheur de ses enfants. Le double mariage eut lieu, dans la chapelle du château, quinze jours après la levée du siége, et l'état des blessures de sir John Trevor lui permit d'assister à cette cérémonie. La bénédiction nuptiale fut prononcée par l'évêque de Lincoln, à la grande mortification du frère Tuck, qui avait ambitionné cet honneur. Il se consola en vidant une bouteille de plus à la santé des nouveaux mariés.

Quelques jours après ce double hymen, un courrier du comte de

Pembroke arriva au château de-Melton. Il apportait un acte d'amnistie. entière pour Robin Hood et ses compagnons, et une ordonnance portant création d'un nouveau corps militaire de deux mille hommes dont le commandement et l'organisation étaient confiés, au comte d'Huntington. Le cadre de ce corps ne tarda pas à être rempli; tous les anciens compagnons du ci-devant proscrit y entrèrent, et le comte en forma quatre divisions qui eurent pour chefs, William d'Albiney, le sire de Beaupré, sir John Trevor, et Little John. Allandale et le frère. Tuck, qui fut légalement relevé de ses vœux, y obtinrent un des premiers rangs parmi les officiers subalternes. Ce corps rendit de grands services à l'Angleterre dans les nouveaux troubles qui éclatèrent en 1218, et ce fut lui qui reprit le château de Fotheringay dont le comte d'Albemarle s'était emparé par surprise.

Une troisième missive ordonnait au comte d'Huntington de se rendre sur-le-champ à Nottingham pour y donner tous les renseignements qui seraient en son pouvoir aux commissaires qui venaient d'y être envoyés pour faire une enquête sur la conduite du shérif Warman et de l'abbé de Sainte-Marie. Sans entrer dans le détail de cette procédure, nous nous bornerons à dire qu'il fut reconnu que Warman n'avait jamais eu aucun droit à la partie des biens du comte qu'il s'était appropriée. Il fut condamné à en faire la restitution et à lui rendre compte de tous les revenus qu'il avait touchés depuis vingt ans. Mais dès que Warman avait entendu gronder la foudre, il avait prévu qu'il en serait frappé, et réalisant toute sa fortune personnelle en argent comptant, il disparut tout-à-coup, de sorte que la seconde partie du jugement ne put être exécutée.

Pour l'abbé de Sainte-Marie, il fut jugé que les revenus des biens du comte qu'il avait touchés depuis vingt ans avaient suffi et au-delà pour le remplir, tant en principal qu'en intérêts, des sommes qu'il lui avait avancées. Il fut condamné à lui restituer ses biens, dégradé de sa dignité, et envoyé comme simple moine dans un autre couvent.

Quant aux deux couples dont le mariage termine cette histoire, nous

3.   18

ne trouvons, dans les historiens du temps, aucuns détails sur les évènements subséquents de leur vie ; et nous sommes obligés de dire d'eux ce qu'on peut dire de presque tous les hommes : Ils vécurent, ils moururent, et ils furent oubliés.

FIN.

ROBIN HOOD,

OU

LE PROSCRIT,

ROMAN HISTORIQUE,

Par A. J. B. DEFAUCONPRET,

AUTEUR DE MASANIELLO, WAT-TYLER, ETC.;

TRADUCTEUR DE TOUS LES ROMANS HISTORIQUES DE SIR WALTER
SCOTT, DES ŒUVRES DE M. COOPER, AMÉRICAIN, ETC.

TOME SECOND.

PARIS,

LIBRAIRIE DE CHARLES GOSSELIN,

UL ÉDITEUR DES ŒUVRES COMPLÈTES DE SIR WALTER SCOTT,
RUE DE SEINE, N° 12.

LIBRAIRIE DE LECOINTE ET DUREY,

Éditeurs des Œuvres complètes de madame de Genlis,

QUAI DES AUGUSTINS, N° 49.

M DCCC XXV.